Disney

A Bela e a Fera

PERDIDA EM UM LIVRO

UMA ENCANTADORA HISTÓRIA ORIGINAL

DA AUTORA BEST-SELLER DO *THE NEW YORK TIMES*

JENNIFER DONNELLY

São Paulo
2018

Grupo Editorial
UNIVERSO DOS LIVROS

Diretor editorial
Luis Matos

Editora-chefe
Marcia Batista

Assistentes editoriais
Letícia Nakamura
Raquel F. Abranches

Tradução
Suria Scapin

Preparação
Alline Salles (AS Edições)

Revisão
Marina Constantino
Jéssica Dametta Cruz
Juliana Gregolin

Arte
Aline Maria
Valdinei Gomes

Adaptação de capa
Valdinei Gomes

Dados Internacionais de Catalogação na Publicação (CIP)
Angélica Ilacqua CRB-8/7057

D739b

Donnelly, Jennifer

A Bela e a Fera : perdida em um livro / Jennifer Donnelly ; tradução de Suria Scapin. — São Paulo : Universo dos Livros, 2017.
304 p.

ISBN: 978-85-503-0215-7
Título original: *Beauty and the Beast: Lost in a book*

1. Literatura infantojuvenil I. Título II. Scapin, Suria

17-1063 CDD 028.5

Universo dos Livros Editora Ltda.
Rua do Bosque, 1589 — Bloco 2 — Conj. 603/606
CEP 01136-001 — Barra Funda — São Paulo/SP
Telefone/Fax: (11) 3392-3336
www.universodoslivros.com.br
e-mail: editor@universodoslivros.com.br
Siga-nos no Twitter: @univdoslivros

PARA TODOS AQUELES QUE QUEREM ESCREVER SUA PRÓPRIA HISTÓRIA.

PRÓLOGO

Era uma vez, em um antigo castelo em ruínas, duas irmãs, Amor e Morte, que jogavam seu eterno jogo.

Morte era a dona do castelo, e qualquer mortal que ultrapassasse os limites dos portões enferrujados nunca sairia de lá. Seu rosto era muito pálido; seu cabelo, tão escuro quanto a meia-noite. Ela usava um vestido preto e um colar de dentes e garras. Seus olhos cor de esmeralda se estreitaram ao contemplar o tabuleiro de xadrez diante dela.

– É a sua vez – disse Amor.

– Eu sei – respondeu Morte.

– O tempo está passando... – Amor provocou Morte.

– Apenas os tolos apressam a Morte – respondeu a irmã.

Suspirando, Amor levantou-se da mesa onde ela e a irmã jogavam. Seus olhos eram tão verdes quanto os de Morte. O cabelo, loiro e brilhante, caía-lhe sobre as costas. Sua pele escura contrastava com o vestido branco e seu único adorno era um colar de ramos de salgueiro. Besouros cintilantes, borboletas brilhantes e aranhas deslumbrantes agarravam-se a ela, como se fossem joias vivas.

Um espelho alto estava apoiado contra uma parede no grande salão no qual as irmãs jogavam; sua moldura de prata continha marcas de oxidação. Amor balançou a mão diante do espelho e apareceu uma imagem na qual se via uma sala de jantar que já havia sido grandiosa, mas se encontrava destruída. Do lado de fora das enormes janelas da sala, a neve caía. Dentro dela, podia-se ver uma criatura atormentada – meio homem, meio animal – que andava de um lado para o outro, olhando, ansiosamente, para a porta. Seus olhos eram ferozes, mas, lá no fundo, era possível ver que ele tinha muito medo.

Morte olhou para cima.

– Como vai a sua querida Fera hoje? – perguntou provocativa. – Continua esmagando móveis? Arremessando pratos? Quebrando janelas?

– Tenho esperança de que mude – Amor respondeu, tocando o espelho. – Pela primeira vez.

– Não sei por quê – disse Morte. – Uma vez uma fera, sempre uma fera.

– Você sempre procura o pior que há em todos – disse Amor, com sinceridade.

– E sempre encontro – a irmã respondeu, voltando o olhar para o tabuleiro de xadrez. Ela franziu o cenho, batucou com a ponta das unhas pintadas de cor-de-rosa sobre a mesa e, então, fez sua jogada. – Pobre peãozinho. É realmente uma pena – afirmou, arrastando seu cavaleiro pelo tabuleiro enquanto Amor permanecia de costas.

As peças do jogo eram de porcelana e haviam sido pintadas para parecerem cortesãos em um baile de máscaras. O rosto do cavaleiro ficava escondido sob um capacete de ferro. O peão usava roupas de arlequim. Embora feitos de porcelana, eles respiravam e viviam.

O cavaleiro avançou. O peão ergueu as mãos, implorando por sua vida, mas o cavaleiro, indiferente a suas súplicas, balançou a espada e cortou-lhe a cabeça. Os fragmentos de porcelana se espalharam para todo o lado e a bela cabeça do peão rolou pela sala, com os olhos ainda piscando.

Amor virou-se, assustada com o som da louça que se quebrara. Seus olhos brilharam de raiva quando viu o tabuleiro:

– Isso foi trapaça! Esse cavaleiro não estava perto do meu peão!

Morte pressionou a mão contra o peito:

– Eu? Claro que não! – mentiu.

Amor olhou para a irmã, inconformada.

– É culpa minha – disse ela, sentando-se novamente. – Eu deveria saber muito bem que não posso tirar os olhos de você, nem mesmo por um segundo. Você odeia perder.

Morte recostou-se na cadeira, apertando os dedos em seu colar e tentando não sorrir. Enquanto esperava que sua irmã jogasse, seus olhos passeavam pela sala. Chifres de veado pendiam acima da bancada de pedra; cabeças de javalis e de lobos adornavam as paredes e a luz do fogo refletia em seus olhos de vidro.

Um movimento súbito no espelho chamou a atenção da Morte. O vidro agora mostrava uma biblioteca magnífica e, nela, uma jovem que usava um vestido azul-claro de camponesa. As grossas tranças, feitas com seu cabelo escuro, estavam amarradas com uma fita, e seus cálidos olhos castanhos brilhavam transmitindo humor e inteligência.

O olhar da Morte, tal qual o de um leão que avista uma gazela, fixou-se na aparência da menina.

– Bela – ela sussurrou. – Tão bonita como seu nome indica.

Amor olhou para o espelho e indagou:

– Você conhece a garota?

– Eu a conheço já há algum tempo. Era um bebê nos braços de sua mãe quando nos conhecemos.

Enquanto Morte observava a imagem, Bela pegou um livro de uma prateleira e depois levantou-o, sorrindo. A Fera apertou os olhos, tentando ler o título. Bela abriu o livro e leu a primeira página. Com a cabeça inclinada, ela não pôde ver que a tristeza nos olhos da Fera se transformava em felicidade.

Amor, com os dedos sobre o tabuleiro de xadrez, disse:

– Essa é a garota, pode anotar o que estou dizendo. Ela é corajosa, mais teimosa do que a própria Fera, e tem um coração de ouro.

– Humm, mas não é o coração da menina que está em questão, não é mesmo? – disse Morte.

Amor, com a testa franzida, concentrada em sua jogada, mal ouviu a irmã. E também não notou quando um belo besouro voou de seu colar para pousar sobre o topo do espelho.

– Estamos aqui lidando com o coração da Fera – continuou Morte. – Você se esqueceu de como ele se comportou quando ainda era um príncipe? No dia em que recebeu o feitiço, havia gastado o dinheiro que deveria ser dado aos pobres em uma nova carruagem, fez piada com a gagueira de um funcionário da cozinha e foi à caça de um veado com seus cães. Eu o teria transformado em verme para esmagá-lo sob minha bota, mas você não. E nunca vou entender o motivo.

– Ele merecia uma segunda chance – disse Amor. – Todo mundo merece. Minha feiticeira transformou sua aparência exterior para que ele transformasse o interior. O sofrimento vai ensiná-lo a ter bondade e compaixão. Ele vai voltar a se conectar com seu coração.

Morte resmungou com exasperação.

– Ele não tem coração, minha irmã! Não se pode encontrar o que nunca existiu!

Os olhos de Amor, brilhantes e cheios de sentimento, encontraram os de Morte.

– Você está errada. Eu o observo desde que era criança. Vi o que aconteceu com ele, sei como seu pai foi cruel. Sua única opção foi esconder seu coração, pois era a única maneira de sobreviver! – afirmou Amor.

Morte acenou com uma mão, de forma desdenhosa, mas a irmã não desistiu. Desistir não fazia parte de sua natureza.

– Já viu um urso treinado para lutar contra cães nas arenas públicas? – ela perguntou. – Já reparou como ele rosna e ataca? Dor, medo... Essa combinação pode transformar qualquer um em algo que nunca deveria ser. A Fera pode mudar.

– É melhor que você consiga isso logo. Essa sua rosa não parece nada saudável – disse Morte, observando o espelho.

A imagem, então, mostrava uma mesa no castelo da Fera. A luz das velas iluminava uma única rosa vermelha suspensa em uma redoma de vidro. A flor estava murcha; as pétalas caídas repousavam sobre sua base. Enquanto as irmãs observavam a cena, mais uma pétala se soltou.

– Se a Fera não conseguir conquistar o amor de Bela antes que a última pétala caia, ele permanecerá na forma de fera para sempre – disse Morte. – Você fez uma aposta, querida irmã. Apostou no coração humano... Uma escolha muito tola, aliás, caso fosse uma aposta de verdade. Eu? Eu apostaria um milhão de moedas de ouro que a Fera não conseguirá tal proeza.

Amor ergueu uma sobrancelha.

– Um milhão de moedas de ouro? Você deve ser muito rica, minha irmã, para poder se dar ao luxo de perder essa quantia – provocou, voltando a atenção para o tabuleiro.

Morte sorriu com condescendência e, com um tom de voz no qual se identificava falsa simpatia, disse:

– Eu entendo; você não quer apostar. É muito dinheiro. Está com medo...

– Não tenho medo de nada. E muito menos de você – Amor retrucou. – Apostemos dois milhões.

Os olhos de Morte se iluminaram. Não havia nada que ela amasse mais do que um bom jogo. No dia anterior mesmo ela havia escutado uma jovem baronesa a cavalo dizer "eu aposto que posso pular essa cerca!" e um menino da fazenda se vangloriando "aposto que consigo nadar no rio!". Ela ganhara ambas as apostas com facilidade.

Com Amor acontecia o mesmo: quanto maiores as apostas, quanto mais remotas as chances, mais ansiosa ela ficava para enfrentar a disputa. Era a única coisa que as duas irmãs tinham em comum.

– Parece-me uma ótima aposta – afirmou Morte. – Os seres humanos são criaturas egoístas com as quais sempre podemos contar para que façam a coisa errada. Preciso contar-lhe como a história acaba, minha irmã? Fera é horrível com Bela, ela o abandona, a última pétala cai. Fim!

Amor estava com a mão no queixo.

– Você não faz ideia de como a história termina. Não é de sua autoria. Às vezes, gentileza e delicadeza ganham.

– E, às vezes, os unicórnios galopam pelos arcos-íris – resmungou Morte.

Amor olhou para ela.

– Três milhões.

– Feito! – Morte cedeu. – Eu vou ganhar essa aposta, minha querida irmã. Espere e verá.

– Bem, este jogo aqui você não ganhou – avisou Amor, deslizando sua rainha por todo o tabuleiro. – Xeque-mate.

O sorriso de Morte sumiu do rosto. Ela olhou o tabuleiro e viu a rainha de Amor em frente ao seu próprio rei.

– *O quê?* – ela questionou, chocada. – Não pode ser!

Amor e Morte assistiram à rainha oferecer um beijo ao rei. Surpreendido por uma misericórdia tão doce, o rei a abraçou. Um segundo depois, uma adaga saiu por suas costas.

– E dizem que *eu* sou impiedosa! – exclamou Morte.

Com um sorriso triunfante, Amor levantou-se da cadeira. Ela beijou a face fria da irmã e disse:

– Não se levante. Sei onde é a saída.

Morte ficou perfeitamente imóvel, olhando as peças de xadrez. Seu bispo a olhou e começou a tremer. Os joelhos cederam. Uma fenda apareceu em seu rosto pintado. Exasperada, ela derrubou todas as peças do tabuleiro, que se quebraram contra o chão de pedra. Por fim, levantou-se e caminhou até o espelho. Com uma expressão séria, analisou Fera e Bela, que ainda desfrutavam dos livros e da companhia um do outro.

A garota estava assustada com ele no início, pensou Morte, *e quem não ficaria? Mas não está mais. Essa garota é a mais estranha das criaturas, ela vê com seu coração. Minha irmã está certa. Ela poderia ser a única. Mas isso não vai acontecer.*

Virando-se, a saia rodopiando atrás dela, como um vento ruim, Morte cruzou a sala e se aproximou de um armário alto. Abriu suas portas e, depois, passou o dedo pelos livros que estavam em suas prateleiras.

– Aqui está você! – sussurrou, puxando um dos volumes.

Encadernado em couro preto, o velho livro estava empoeirado. Sua lombada já estava rachada, mas o título ainda era visível: *Nunca Mais.*

– Mouchard! Truqué! – Morte bradou. – Venham!

Dois abutres voaram do topo da lareira até ela. Eram pássaros enormes, com penas cor de carvão e bicos cruéis. Havia mais uma dúzia como eles empoleirada pela sala.

– Levem este livro para o castelo da Fera e coloquem-no na biblioteca – ordenou Morte. – Certifiquem-se de que ninguém os veja.

Um dos abutres soltou um duro grito.

– Não, Mouchard, criatura insolente, isso não é trapaça – disse Morte. – Só estamos embaralhando melhor as cartas. Acha que minha irmã não fará o mesmo? Você sabe como ela é. Amor age como se estivesse sempre serena, mas é feroz. Um pequeno lobo em pele de cordeiro. Não vai medir as ações para ganhar essa aposta.

O segundo abutre gritou, balançando a cabeça e depois as asas. A face pálida de Morte corou de indignação.

– Eu sei que existem regras, Truqué! – resmungou. – Sei que não posso ir à menina antes do seu tempo. Mas e se ela vier até mim? E se eu puder prendê-la aqui? Isso muda as coisas, não é?

O abutre refletiu nas palavras de sua ama, depois agarrou o livro com suas garras afiadas. Morte abriu uma janela e os dois pássaros sumiram pela noite. Ao vê-los voando, ela se lembrou das palavras de sua irmã.

Você não faz ideia de como a história termina.

Os lábios rosados de Morte se curvaram em um sorriso sombrio e decidido, sussurrando baixinho:

– Oh, tenho, sim, porque *eu* pretendo escrever essa parte.

CAPÍTULO UM

BELA ESTAVA NA frente das portas da biblioteca, segurando um esfregão em uma mão, um balde na outra e com um grande e animado sorriso no rosto.

No chão, à sua volta, estavam vários objetos: um candelabro dourado reluzente na forma de homem, um relógio de mesa em bronze, um bule de porcelana, uma pequena xícara de chá com uma rachadura na borda, um espanador com a empunhadura de pavão e um pufe de franjas.

O candelabro foi o primeiro a falar.

– Minha querida, você está segurando esse esfregão como se fosse uma espada – ele a provocou. – Parece que está indo para uma batalha! – O candelabro tinha velas flamejantes em vez de mãos, e elas floresciam dramaticamente naquele momento, como se desafiassem Bela a um duelo.

– Eu *estou* indo para uma batalha, Lumière, e você também. Não tem ideia do que vamos encontrar atrás dessas portas – disse Bela, rindo.

Lumière fez uma careta.

– Na verdade, eu sei. O mestre tem muitas qualidades admiráveis, mas asseio não é uma delas – afirmou.

– Coisas e bobagens! – declarou o relógio de mesa, aproximando-se. – Você se esqueceu de que eu acompanhei Rochambeau no cerco a Yorktown?

Lumière revirou os olhos.

– Nem por um segundo, *mon ami* – disse ele.

– Nós vencemos os inimigos e os fizemos se retirarem! Este antigo soldado sabe muito bem como enfrentar algumas teias de aranha! – declarou Horloge.

Ele, então, empurrou as portas maciças. Elas se abriram, rangendo. Horloge seguia zombando e, de repente, ficou em silêncio. Deu alguns passos para dentro da sala. Os outros se juntaram a ele e todos ficaram horrorizados com o que viram, exceto Bela.

CAPÍTULO DOIS

COM UM GRITO de animação, Bela correu para o centro da sala, apoiou o esfregão e o balde no chão e rodopiou. Seu rosto estava cheio de alegria.

Era como se todos os livros já escritos estivessem ali. Havia romances e peças de teatro. Poemas de amor. Lendas e contos populares. Volumes de filosofia, história, ciências, matemática. Mais cedo, naquela manhã, quando abriu os olhos, ela havia sentido medo de ter apenas *sonhado* com a biblioteca e os tesouros que ela continha. Mas não. Era real. Estava ali. *Ela* estava ali.

– Meu Deus! Oh, meu Deus! – disse o bule com a voz vacilante.

– Eu sei, Madame Samovar. Não é incrível? – exclamou a moça.

– *Mon Dieu* – disse o espanador, seu tom indicava como estava horrorizada. – Nunca vi algo tão...

– ... maravilhoso, incrível, surpreendente! – Bela terminou. – Eu concordo, Plumette!

Os livros eram as coisas favoritas de Bela no mundo. Ela os devorava. Villeneuve, sua aldeia, tecnicamente, tinha uma biblioteca. Porém, na verdade, era apenas uma prateleira na igreja de padre Robert. Ela tinha lido todos os livros que havia ali. Duas vezes. Mas esta biblioteca tinha tantos livros que ela nunca conseguiria ler todos. Nem se vivesse mil anos.

Olhando ao redor, seus olhos pousaram sobre a grande lareira de mármore que havia no cômodo. Imaginou-se sentada junto a ela com um chá e livros empilhados ao seu redor.

– Por onde vou começar? – ela se perguntou em voz alta. – Pelos épicos gregos? Pelas tragédias clássicas?

– Posso sugerir as janelas? – disse Lumière, aproximando-se com panos pendurados no braço.

Bela sorriu timidamente. Aquelas palavras a haviam trazido de volta à realidade. As janelas eram altas e muito bonitas, mas estavam imundas. As cortinas que as emolduravam estavam em farrapos. Teias de aranha podiam ser vistas por todos os lados. Ela arregaçou as mangas, pegou o esfregão e o balde e foi em direção a elas. No mesmo momento, o pufe de franjas passou correndo, com a pequena xícara de chá sobre sua almofada, e levantou uma nuvem de poeira.

– Mais rápido, Froufrou, mais rápido! – gritou a pequenina xícara com sua voz de menino.

– Zip! Chega! Você está piorando as coisas! – Madame Samovar o repreendeu. – Como é possível que o mestre trabalhe aqui? – ela acrescentou, apontando o bico para um canto.

Uma camada grossa de pó recobria grande parte do chão da biblioteca, assim como a grande mesa dourada perto da entrada, as cadeiras e a lareira.

Horloge passou o dedo sobre um rodapé e, ao olhar o resultado, empalideceu.

– *Poeira?* Ninguém disse nada sobre poeira! Eu tenho um interior muito delicado – ele se preocupou, acariciando sua carcaça. – Parafusos, engrenagens... Basta um pequeno grão de poeira e tudo logo para!

Lumière franziu o cenho:

– Isso é *muito* mais do que precisávamos saber.

– Eu ficarei na supervisão, o que acham? – ofereceu-se Horloge. – Para mim, "poeira" é um palavrão.

– "Poeira" é palavrão para todos – retrucou Lumière.

– "Labuta" também é um palavrão – disse Plumette, em voz baixa. – Talvez por isso o senhor se esforce para evitá-la.

Horloge ajeitou a postura com toda a sua altura de trinta centímetros e esbravejou:

– Eu *ouvi* o que disse, *mademoiselle*!

Plumette sacudiu as penas e se dirigiu para começar a limpar uma cadeira.

Lumière colocou um braço em torno do irritadíssimo Horloge:

– Olha, velho amigo, eu sei que a biblioteca está em um estado terrível, e sei que a tarefa diante de nós parece impossível. Mas tudo o que precisamos fazer é começar e o resto vai se resolvendo. Uma viagem de mil quilômetros começa com um único passo.

– Muito bem! – declarou Horloge, saindo pela porta. – Proponho que voltemos para a cozinha, encontremos um lugar agradável e acolhedor junto ao fogo e repensemos todo o planejamento.

Lumière o interceptou, passou o braço pelo amigo e o virou:

– Bela não pode fazer isso sozinha. Ela precisa da nossa ajuda. A biblioteca a faz feliz. E queremos que ela seja feliz.

Horloge suspirou.

– Minhas molas nunca mais serão as mesmas.

Ao ouvir o comentário, Bela sentiu-se culpada. Durante o café da manhã, os criados haviam se oferecido para ajudá-la, mas não sabiam em que estavam se metendo. Enquanto a biblioteca não chegava ao mesmo nível de destruição que o restante do castelo, ela ainda podia passar por uma limpeza pesada – algo a que Horloge não parecia estar disposto. Suas engrenagens muitas vezes ficavam emperradas e ele frequentemente tinha que retirar o pêndulo.

Preocupada, Bela correu até os dois criados e se ajoelhou, afirmando aflita:

– Lumière, Horloge, posso cuidar disso sozinha. Vocês têm outras coisas para fazer.

Horloge, que já estava começando a se lamentar outra vez, conseguiu se conter e rapidamente passou a tentar reverter a situação.

– Isso a faria feliz, minha querida? – indagou. – Limpar este lugar?

– Muito – Bela assentiu.

– Tão feliz quanto estava em sua vila? – ele perguntou esperançosamente.

– Minha vila? – Bela repetiu. Perturbada pela questão, ela se sentou no chão. – Bem, não entendi... Quero dizer, eu não estava...

Como poderia dizer-lhes a verdade? Era bastante difícil admitir isso para si mesma.

– Qual o problema, querida? – Horloge perguntou.

Madame Samovar ouviu a conversa.

– Tem algo errado? – ela questionou, aproximando-se.

Plumette a seguiu com suas penas esvoaçantes. Zip e Froufrou também pararam o que estavam fazendo e chegaram mais perto de Bela.

Bela pensou em inventar uma inocente mentira ou em disfarçar soltando uma risada e dizendo que não era nada de mais. Mas quando viu a genuína e profunda preocupação expressa nos olhos de seus amigos, soube que não poderia fazer nada.

– A verdade é que não estava feliz na minha vila – explicou ela. – Não feliz de verdade. Eu gostava muito da minha casa, é claro, era feliz ao lado do meu pai, mas esse era o único lugar em que me sentia bem, em que me sentia pertencente a alguma coisa... Em casa e nas páginas dos livros que eu lia.

– Por que, Bela? – perguntou Madame Samovar.

Bela respirou fundo.

– Minha vila era pequena. E as pessoas... Bem, muitos dos que ali viviam não enxergavam nada muito além, não tinham grandes sonhos ou esperanças. Era difícil encontrar um amigo lá. Havia pouquíssimas pessoas que me entendiam... Meu pai era uma dessas pessoas, é claro. E padre Robert, em cuja igreja eu podia ler os livros. E Agata, uma mulher muito pobre. Todos me achavam um bocado estranha – admitiu Bela, corando um pouco.

– Você *é* estranha, Bela – Zip disse. – Mas não ligamos!

Todos riram, inclusive Bela. Apenas Madame Samovar não riu. Em vez disso, ela ergueu uma de suas sobrancelhas pintadas.

– Mas, mamãe, ela é mesmo! – insistiu Zip. – Ela usa botas com vestido. E sabe latim. E monta seu cavalo como um verdadeiro cavaleiro!

– Zip... – advertiu Madame Samovar.

– Não estou dizendo que seja algo *ruim*, mamãe. Nós também não somos exatamente *normais*, você sabe. Quero dizer, eu sou uma xícara de chá falante!

Um tanto de vapor saiu pelo bico da Madame Samovar.

– Tudo bem, Madame Samovar – disse Bela. – Imagino que para as pessoas de Villeneuve eu era estranha porque queria sair de lá, viajar e conhecer o mundo. – Ela sorriu com um leve pesar. – E porque gostava dos livros mais do que gostava de Gaston.

– Gaston? – Lumière ecoou, com uma expressão intrigada em seu rosto dourado.

– O exibido da aldeia – a moça explicou, balançando a cabeça com a lembrança do fanfarrão bonito e presunçoso que praticamente exigiu que ela se casasse com ele e, então, quase caiu para trás quando ela disse não. – A leitura tornou-se meu maior prazer – ela prosseguiu. – Encontrei tantas coisas naqueles livros. Encontrei histórias que me inspiraram, poemas que me encantaram, romances que me desafiaram... – Bela parou de repente e olhou para as mãos. Com uma voz melancólica, concluiu: – Na verdade, era ali que eu me encontrava comigo mesma.

Horloge, tão cheio de queixas há alguns momentos, deu um passo à frente e pegou a mão da amiga:

– E vai se encontrar novamente, meu doce, nesta biblioteca, pode acreditar! – declarou, estufando o peito.

Bela o olhou, surpreendida pela determinação em sua voz.

– Você despertou o espírito de guerra deste velho soldado! Salvaremos a biblioteca das aranhas e dos ratos! Vamos à luta, queridos amigos! Nunca poderão dizer que o Coronel Horloge fugiu de uma batalha!

Ele, então, pegou um dos muitos panos pendurados sobre o braço de Lumière e seguiu, de cabeça erguida, rumo ao confronto que teria com as janelas imundas.

– Agora é coronel? – questionou Lumière. – Na semana passada era capitão e, na semana anterior, tenente. Ele vai se promover ao cargo de general em breve. – Lumière se virou para Plumette. – Vamos, *chérie*?

Plumette deu-lhe um sorriso gracioso e, juntos, começaram a enfrentar os cantos mais escuros: as velas de Lumière os iluminavam e Plumette os varria.

Madame Samovar juntou-se a Horloge na limpeza das janelas: ela soprava vapor nos vidros enquanto Horloge esfregava a sujeira furiosamente com seus pequenos braços de bronze. Mesmo Froufrou e Zip ajudaram. A pedido de Zip, Horloge enrolou pedaços de pano nos pés do pufe e eles seguiram correndo pelo espaço, limpando o chão enquanto se divertiam.

Quando Bela observou todos trabalhando, sentiu um nó na garganta. Eles eram tão bons para ela, tão gentis. Queriam ajudá-la para fazê-la feliz. Eram seus amigos.

Mas também havia a Fera.

Um turbilhão de emoções conflitantes a dominou quando pensou nele. Ele era a razão pela qual ela era prisioneira naquele castelo escuro e isolado. Mas também era a razão pela qual ela estava no meio daquela incrível biblioteca.

A Fera não era como Madame Samovar, Lumière, Plumette... Eles eram calorosos e engraçados. Alegres. Divertidos. A Fera era um ser difícil. Ranzinza. Enigmático. Recluso. No entanto, de um jeito bastante inusitado, ele também queria fazê-la feliz. E havia provado isso na noite anterior.

Quando Bela *pensou* no que ele havia feito...

Era inacreditável. Impossível. A simples lembrança já fazia seu coração acelerar.

Outra pessoa teria permitido que ela apenas admirasse sua deslumbrante coleção de livros, emprestando-lhe uma ou duas raridades. Mas a Fera não era como qualquer outra pessoa, Bela estava aprendendo.

Bela mergulhou o esfregão no balde, retirou o excesso de água e começou a se dedicar à limpeza. Diferentemente da Fera, ela não conseguiria ler, trabalhar ou fazer qualquer outra coisa naquela imundície.

Ela não se importava com o tempo que poderia demorar limpando a biblioteca. Não se importava que seus músculos estivessem exaustos, que as costas doessem, que as pernas bambeassem ao ir de um lado para outro e subir e descer escadas carregando baldes com água. Bela apenas conseguia pensar na felicidade que a aguardava quando tudo estivesse brilhando.

Na noite anterior, a Fera havia dado a ela um presente inesperado, um presente que, para ela, tinha mais valor do que todo o castelo, as terras e as preciosas joias que ele possuía.

Na noite anterior, a Fera havia dado a Bela seus livros.

CAPÍTULO TRÊS

TUDO TINHA ACONTECIDO logo ao anoitecer.

Bela se lembrava claramente.

– Tenho uma surpresa para você – disse a Fera com seu característico tom rude.

Bela acabara de retornar de alimentar seu cavalo, Philippe, e estava parada de pé junto à porta dos fundos da cozinha, sacudindo a neve de seu manto. Ela viu que ele tinha o cenho franzido, estava com as patas apertadas e uma postura estranha. Bela respondeu:

– Não, obrigada.

A Fera piscou, surpreso com a recusa. Sua expressão ficou ainda mais fechada.

– Eu disse que tenho uma *surpresa* para você!

– E ouvi o que disse, mas já tive surpresas suficientes para toda a vida. Incluindo celas frias e escuras, bandos de lobos e chiliques o suficiente – a moça retrucou.

– Chiliques? *Chiliques*? – A Fera havia se irritado. – Não posso acreditar... Como pode dizer... Isso não foi um chilique! E não foi minha culpa! Eu disse para você não ir à ala oeste. Eu te disse...

Bela o olhou de soslaio.

– Você está certo. O que eu estava pensando? Você *nunca* iria dar um chilique. Agora, se me der licença, preciso pendurar meu manto.

As coisas haviam ficado tensas entre os dois desde que ela havia ido à ala oeste do castelo em busca de respostas. Uma simples rosa a havia feito prisioneira e ela queria saber por quê. Quando perguntou aos criados, tudo o que obteve foram respostas evasivas. Da Fera, nem mesmo isso ela conseguia.

Tudo bem, ela pensou. *Se ninguém vai me dar respostas, vou encontrá-las por conta própria.*

A ala oeste era a área particular da Fera, que havia proibido Bela de se aventurar por ali. E uma ordem tão clara, emitida por uma criatura tão imponente, teria sido suficiente para assustar a maioria das pessoas e fazê-las obedecer sem questionar.

Mas Bela não era como a maioria das pessoas. Ela questionou o que ouviu e obedeceu a uma única coisa: seu próprio coração.

Os cômodos daquela parte do castelo eram escuros, mas seus olhos logo se adaptaram. Enquanto caminhava por locais que antes haviam sido de extrema beleza, Bela reparou que todos os elegantes móveis que compunham o ambiente estavam quebrados; os caros adornos das camas, destruídos; os espelhos dourados, estilhaçados.

– A Fera fez isso – sussurrou.

Bela tinha testemunhado a raiva da Fera e sabia que aquele ser era mais do que capaz de arremessar uma mesa ou lançar uma cadeira pelos ares. Seus olhos lhe mostravam a destruição causada por essa raiva. Seu coração, no entanto, via sua causa mais profunda – o desespero – e se apertou em solidariedade à Fera.

Bela continuou caminhando pelos cômodos da Fera, endireitando os móveis, empilhando os cacos de vidro com o pé... e procurando suas respostas.

Aqui estou eu, morando em um castelo isolado, numa floresta onde sempre é inverno, pensou. *Falo com relógios. Brinco com candelabros. Jogo bolinha para um pufe. Isso é o que faço agora. Essa é a minha vida. Tem que haver um motivo pelo qual as coisas neste lugar são como são. Se ao menos eu soubesse qual é esse motivo...*

Bela viu alguns quadros arruinados pendurados em uma parede, entre eles o retrato de uma família: um homem com um ar frio e superior; uma mulher com um sorriso caloroso e belos olhos azuis; e um menino pequeno muito parecido com a mulher.

Outro retrato mostrava um jovem bonito de olhos azuis, assim como o menino da imagem da família. Pelo menos foi o que Bela imaginou estar no retrato, todo rasgado, do qual apenas os olhos restavam intactos.

– Quem são vocês? – sussurrou.

Mas os rostos pintados mantiveram-se em silêncio. Ela suspirou, sentindo-se derrotada, e virou-se para ir embora sem ter conseguido nenhuma nova informação.

Foi então que viu uma única rosa vermelha, protegida por uma delicada redoma de vidro, que flutuava sobre a mesa. Ela estava murcha e várias de suas pétalas já haviam caído. Bela se aproximou, inclinando-se para olhar através do vidro. Nesse meio-tempo, observou outra pétala cair. Hipnotizada, levantou a proteção de vidro para poder ver melhor a flor.

Foi quando a Fera a descobriu.

– O que está fazendo aqui? O que fez com isso? – A Fera rugiu.

– Nada – respondeu Bela.

– Sabe o que poderia ter causado? Você poderia ter condenado a todos nós! Saia! Vá! – Enfurecido, ele colocava novamente a proteção sobre a rosa.

Bela ficou tão perturbada que fugiu da Fera, da ala oeste, do castelo.

Ela correu para os estábulos, jogou uma sela sobre o dorso de Philippe e saiu galopando em uma velocidade vertiginosa. No meio da floresta, depararam-se com uma alcateia de lobos que, não fosse pela Fera, os teriam matado. Bela tentou enfrentá-los, mas eram muitos. Quando ela teve a certeza de que acabariam com sua vida, a Fera surgiu e os expulsou, mas não antes de ser gravemente ferido.

Com a ajuda de Philippe, Bela levou a Fera de volta ao castelo, cuidou de suas feridas e o ajudou a dormir. Ela ainda estava chateada e, quando a Fera já havia adormecido, perguntou a Madame Samovar como ela e os outros criados podiam ficar perto de alguém que se comportava tão mal.

– Ele tem um bom coração – respondeu Madame Samovar.

Bela a observou, descrente:

– Estamos falando da mesma Fera?

Madame Samovar sorriu tristemente e, então, convidou a moça a se sentar para que pudesse lhe contar a história da Fera. Ele tinha sido um príncipe, filho de um homem rico e poderoso, ela começou. Sua mãe, que era doce e gentil, morreu quando ele ainda era uma criança.

– São essas as pessoas nas pinturas? Nas pinturas da ala oeste? – indagou.

– Sim.

Madame Samovar explicou que o pai da Fera havia sido um homem cruel, que tratara muito mal seu único filho.

Bela ficou chocada ao saber disso e se encheu de tristeza. Sua mãe também havia morrido jovem, quando Bela era apenas um bebê, mas, ao contrário do que aconteceu com a Fera, seu pai era a bondade em pessoa.

– Ele deve ter sentido muito medo, além de ter crescido solitário e triste. Um pobre menininho sem mãe e nas mãos de um homem tão cruel – refletiu.

Madame Samovar assentiu com os olhos baixos.

– Depois de anos de tão terrível tratamento, o príncipe cresceu e se tornou tão insensível, irracional e egoísta como seu pai tinha sido. E então, um dia, ele resolveu dar um grandioso baile para o qual convidou as damas mais bonitas do reino. No meio do baile, uma senhora muito pobre entrou no salão e pediu ao príncipe abrigo contra o vento e contra a chuva que caía. Ele riu dela e mandou que os guardas a expulsassem. Mas a velha era, na verdade, uma feiticeira. Ela, então, amaldiçoou o príncipe, transformando-o na Fera que você conhece. Ela também amaldiçoou a nós, os criados. E, a partir desse dia, ficamos assim, incapazes de voltar a ser quem éramos e viver nossa velha vida.

– Sinto muito, Madame Samovar – disse Bela, solidária com a amiga.

– Eu também, querida. Eu também sinto muito.

– Não há nada que vocês possam fazer?

Madame Samovar voltou o olhar para a Fera. Quando ela falou novamente, sua voz era distante.

– Você tem muitas perguntas, querida. E quem não teria? Deixe-me, pelo menos, responder à primeira delas: ficamos com o nosso mestre, porque não o abandonaremos duas vezes.

– Duas vezes? – Bela repetiu. – Não entendo.

– Sabíamos como o pai dele o tratava mal e, ainda assim, não fizemos nada – Madame Samovar confessou, claramente angustiada pela admissão. – Aquele homem era o verdadeiro animal, e estávamos muito assustados para enfrentá-lo. Nosso mestre precisa de nós agora tanto quanto precisou naquele momento e, desta vez, não o abandonaremos.

– Eu quero ajudar vocês. Deve haver alguma maneira de desfazer a maldição.

A Fera resmungou em seu sono nesse instante, e Madame Samovar correu para perto dele.

– Não deve se preocupar, querida. Somos responsáveis por tudo o que aconteceu e devemos aceitar – afirmou a criada.

Naquela noite, a Fera e Bela haviam trocado algumas palavras muito duras, tanto antes do ataque dos lobos como depois. Desde então, não haviam se falado muito, razão pela qual a moça não estava muito interessada na tal surpresa.

Depois que recusou a surpresa dele, atravessou a cozinha com a intenção de encontrar Chapeau, o mancebo, e entregar seu manto. Ao fazer isso, Horloge e Madame Samovar trocaram olhares preocupados. Cuisinier, o fogão, ficou tão aflito que começou a soltar fumaça.

Lumière foi até a Fera e, colocando a mão sobre a boca, inclinou-se e disse:

– Eu sugeriria, mestre, que utilizasse um sorriso e um tom de voz amigável para indicar que se trata de uma surpresa boa e não, digamos, uma ida até a guilhotina.

Apesar de ter falado baixo, Bela havia escutado suas palavras, pois o som ecoava na ampla cozinha, com seus altos tetos abobadados.

A Fera limpou a garganta e começou:

– Bela! Eu tenho uma surpresa muito agradável, esplêndida e maravilhosa para você!

Ele parecia tão realmente entusiasmado, tão diferente do habitual, que Bela parou e se virou apenas para se certificar de que, de fato, era a Fera que estava falando.

E era. Ele estava parado exatamente onde ela o deixara, e sorria – ou ao menos tentava. A expressão em seu rosto se assemelhava mais a uma careta e o fazia parecer ainda mais feroz, apesar de estar buscando se expressar com delicadeza e de estar lindamente vestido.

A Fera vestia uma camisa de linho, uma gravata elegante e um casaco feito de seda. Um par de chifres negros e ferozes saía de suas têmporas. Seu rosto e seu corpo eram completamente cobertos de pelo, e o cabelo mais parecia uma juba de leão que lhe caía sobre as costas. Suas patas eram muito grandes, e suas garras, longas e afiadas. Ele era alto e muito forte.

Mas o mais impressionante sobre a Fera não era seu tamanho ou sua força: eram seus olhos. Não eram dourados como os de um tigre ou de um marrom profundo, como os de um urso. Eles eram de um tom azul-claro e penetrante, tão profundo como um lago de montanha, e indecifráveis. Como todas as criaturas selvagens, a Fera guardava seu olhar, evitando fazer contato visual com medo de revelar mais do que o necessário.

– É uma surpresa boa, Bela. Eu garanto. Você não vai, pelo menos, aceitar ver o que é? – a Fera questionou.

Algo em sua expressão, esperançosa e desamparada ao mesmo tempo, fez com que a moça cedesse.

Ele está tentando, ela pensou. *Todos eles estão. Será que devo?*

– Sem gritos, rugidos nem rosnados... – ela o alertou.

A Fera assentiu solenemente e estendeu a pata para Bela, que o fitou, ainda em dúvida. Com um aceno de cabeça, ela aceitou e deu-lhe a mão.

CAPÍTULO QUATRO

– Seus olhos estão fechados?

– Você já me perguntou isso cinco vezes.

– Não está vendo nada?

– Não vejo nada. Tenho uma venda nos olhos.

Bela estava de pé diante de um par de altas portas graciosamente arqueadas. A Fera a levara para fora da cozinha, a partir de onde desceram por um longo corredor e subiram um lance de escadas. Quando chegaram, ele colocou o candelabro que estava carregando sobre uma mesa ao lado das portas. E, então, insistiu em vendá-la.

– Fique aí, não se mexa!

Bela riu.

– Me mexer? Perto de uma escada? Com uma venda nos olhos?

A Fera não respondeu. Ele estava muito ocupado procurando por uma chave no meio das várias que estavam presas a uma argola de bronze. Bela podia ouvir as chaves batendo umas contra as outras.

Por que ele está demorando tanto para colocar uma chave na fechadura? Ela se perguntou. *Certamente sabe como abrir as portas de seu próprio castelo.*

E então ela percebeu o motivo: ele estava nervoso.

Ele quer que eu goste da surpresa, ela pensou. *Quer me agradar.*

O pensamento da Fera querendo agradar alguém era tão estranho que Bela imediatamente o descartou. Deveria haver outro motivo. Talvez a luz estivesse fraca naquele local. Talvez ele não conseguisse ver as chaves.

– Ah! Aqui está! – a Fera exclamou.

Bela ouviu a chave girar e as dobradiças rangerem. Sentiu um forte cheiro de mofo quando as portas se abriram. Sentiu também cheiro de couro. E de óleo de linhaça, um componente de tintas.

– Por aqui – a Fera orientou a moça para que caminhasse para a frente. – Cuidado, Bela... Um pouco mais adiante... Pode parar bem aí!

Bela inclinou a cabeça na direção da Fera, intrigada por seu tom de voz. Havia ali coisas que ela nunca tinha ouvido antes na Fera: ansiedade, animação e felicidade.

– Onde estamos? – ela perguntou, curiosa para saber que tipo de lugar o fazia sentir tantas emoções.

– Seja paciente. Você verá. Primeiro, precisamos de um pouco de luz.

Bela ouviu a Fera caminhar até a porta, onde pegou o candelabro.

– Você está pronta? – ele perguntou, já ao seu lado novamente.

– Acho que sim.

A Fera desamarrou a venda e disse:

– Tudo bem, Bela. Pode abrir os olhos.

E ela abriu.

Seus olhos cresceram. Suas mãos cobriam a boca.

À luz do candelabro, ela podia ver *livros*. Centenas deles. *Milhares*.

A Fera a havia levado até a biblioteca do castelo. Estava escuro e havia muita poeira, era preciso uma boa limpeza, mas, ainda assim, era um dos lugares mais inspiradores que ela já havia visto. O pé-direito era duplo e estantes cobriam toda a extensão das paredes. Escadas de madeira montadas em trilhos de latão permitiam que os visitantes pudessem ter acesso às prateleiras mais altas. Uma bancada de mármore, em meio às prateleiras, estava flanqueada por duas cadeiras de couro.

– Gostou da surpresa, Bela? – a Fera perguntou.

– Se gostei? Eu amei! – a jovem respondeu com animação.

Hipnotizada pelos livros, ela não viu o sorriso da Fera. Ela não viu seus olhos, tão escondidos, tão assombrados, serem preenchidos por uma pálida e frágil esperança.

Bela puxou um livro da prateleira mais próxima e tirou a poeira que cobria sua capa.

Sua capa de couro era tão macia como uma luva. Bela o abriu e viu que suas páginas eram cor de mármore e tinham uma belíssima impressão em tinta preta. Não era de se admirar que ela tivesse sentido os aromas de couro e de óleo de linhaça quando as portas da biblioteca se abriram. Juntos, eles resultavam no sedutor perfume de um livro.

A Fera se juntou a Bela. Ele curvou os olhos para o título:

– *A rainha das fadas*.[1] Um poema escrito para a Rainha Elizabeth da Inglaterra. Um dos meus favoritos.

1 Poema épico alegórico do escritor inglês Edmund Spenser, publicado na década de 1590. (N. T.)

– Também é um dos meus favoritos! – disse Bela.

A Fera limpou a garganta.

– "Tudo que de um lugar caia, é com a maré para outro trazido..."

Encantada, Bela falou a linha seguinte do poema:

– "Não há nada perdido..."

E, juntos, terminaram:

– "... que não possa ser encontrado, se procurado."

Os olhos castanhos a moça brilhavam de felicidade. Ela sempre havia adorado livros. Amava admirá-los, sentir seu cheiro, seu doce peso nos braços. Acima de tudo, ela adorava o que sentia toda vez que pegava um livro: sentia como se segurasse um mundo inteiro nas mãos.

Ela colocou *A rainha das fadas* de volta na estante, cruzou a sala e foi até outra prateleira, de onde pegou outro livro.

– *Esplendores da Renascença de Veneza* – leu o título em voz alta. – Sua biblioteca é extraordinária! É incrível. Muito obrigada por me trazer aqui.

– Fico feliz que tenha gostado. É o meu lugar favorito em todo o castelo. Venho aqui todos os dias. Meu bisavô foi quem começou essa coleção – a Fera explicava. – Sua aquisição mais importante foi um original de *Hamlet*.

– Shakespeare! – Bela exclamou. – Ele é meu autor favorito! Você tem outras obras dele? *A tempestade*? *Romeu e Julieta*?

– Sim, claro. Toda a obra de Shakespeare está aqui. Há também uma excelente seleção de poesia, e você pode encontrar o estranho livro encantado. A maioria dos livros aqui é inofensiva, mas um ou dois exemplares podem ser um pouco rebeldes. – Ele fez uma pausa. – Que tolice. Em vez de eu contar o que tem aqui, você pode ver por si mesma.

Era tudo o que Bela precisava ouvir. No mesmo instante, ela já estava passando de estante em estante de livros, as botas deixando suas pegadas sobre o chão coberto de poeira.

Que histórias este lugar contém, ela pensou. *Histórias de triunfo e derrota, amor e traição. Histórias de tristeza e alegria.*

Dentro das capas, brilhantes e grossas, havia vida. Havia lugares exóticos e distantes. Tudo o que ela tinha de fazer era abrir um livro para se tornar Joana D'Arc no Cerco de Orléans, Marco Polo viajando pela Estrada da Seda ou Cleópatra prestes a conhecer Marco Antonio. Ela podia ser uma prisioneira, mas, naquela sala, com um livro na mão, era livre.

– Venha aqui sempre que quiser, Bela. Leia o que quiser. Estes livros agora são seus – a Fera afirmou baixinho. – Eles são meu presente para você.

A jovem não conteve o riso. A Fera estava brincando; só podia ser brincadeira. Aquela biblioteca tinha uma coleção incomparável. Algo que não tinha preço. Ninguém simplesmente daria aquilo tudo a alguém.

– Eu poderia pegar um ou dois emprestados? – indagou, analisando uma prateleira.

Mas não recebeu nenhuma resposta.

Perplexa com o silêncio, ela se virou e viu que estava falando sozinha.

A Fera havia ido embora.

CAPÍTULO CINCO

Bela ficou ali um bom tempo observando o corredor vazio.

O presente que a Fera havia lhe dado era de uma generosidade imensa, algo quase inacreditável. Era como se ele, que lhe causava tanto sofrimento, agora estivesse fazendo todo o possível para se redimir.

Todo o possível exceto deixá-la partir.

– Quem é você? – ela sussurrou.

A Fera era o selvagem que aprisionara seu pai? Era o culto leitor capaz de recitar estrofes de um poema do século XVI? Era seu inimigo? Ou um bom amigo?

Seria ele, de alguma forma, todas essas coisas ao mesmo tempo?

Como sempre, a jovem só tinha perguntas. Madame Samovar havia respondido a muitas delas na noite em que Bela fugira do castelo, mas várias outras seguiam sem resposta, incluindo a mais importante: por que ela estava ali?

Bela estava certa de que a resposta a essa pergunta era também a chave para sua liberdade e, até que ela pudesse obtê-la, os livros seriam sua fuga.

Um forte barulho tirou Bela de seus pensamentos sobre tudo o que havia acontecido nos últimos dias e a trouxe de volta ao presente.

Froufrou e Zip ainda estavam correndo de um lado para outro, só que agora Zip já estava com um pano de limpeza amarrado em sua borda, como se fosse um lenço de pirata, e ameaçava jogar Froufrou ao mar. Os dois bateram no balde de limpeza de Bela e fizeram com que a água se espalhasse por todo o chão.

Madame Samovar gritou:

– Zip, seque a água, por favor! Em seguida, encontre um livro e vá para um canto lê-lo. Agora! Ou você vai para a cozinha ajudar Cuisinier a preparar o jantar desta noite.

– Poxa! Eu não sou um medidor, mamãe, sou o Capitão Kidd, o capitão dos mares! – replicou a pequena xícara.

– Capitão do jogo de chá, talvez – disse uma voz vinda da porta de entrada.

Era a Fera. Os criados pararam o que estavam fazendo para curvar-se diante de seu mestre. Mesmo Zip e Froufrou fizeram uma tentativa de reverência.

– Não, não... por favor, continuem – a Fera incentivou. – Vocês estão fazendo um ótimo trabalho. A biblioteca está muito melhor.

Bela percebeu que ele estava um pouco estranho, parecia até tímido. Como se fosse um intruso naquele lugar tão cheio de vida e atividade.

Enquanto Bela e os demais retomavam suas tarefas, a Fera acariciava Froufrou. Então ele se inclinou na direção de Zip e disse:

– Eu, bem... Eu não sei se você estaria interessado, mas há um livro maravilhoso sobre piratas ali no fundo, do lado direito. Na prateleira logo abaixo do assento da janela.

Os olhos de Zip se iluminaram.

– Obrigado! – respondeu, e foi correndo pegar o livro, sem se lembrar de que deveria limpar a água derramada.

A Fera endireitou-se e atravessou a biblioteca, com as patas atrás das costas, observando o trabalho que estava sendo feito.

– Lumière, você se esqueceu daquela parte ali. – E apontou para um canto.

– Oh, obrigado, mestre – agradeceu Lumière, apressando-se em limpar a poeira no cantinho que havia negligenciado.

A Fera assentiu, claramente satisfeito por ser útil.

– Horloge! – ele chamou, alguns segundos depois, tocando uma mesa de mogno.

– Mestre?

– Ainda tem um pouco de cera aqui.

– Muito bom, mestre – disse Horloge entredentes, enquanto se apressava em passar um pano para lustrar a mesa.

A Fera estava animada, ele sorria.

– Madame Samovar! Ainda há uma manchinha naquela maçaneta!

– Que gentileza do senhor me indicar isso – falou Madame Samovar, soltando vapor por seu bico.

Bela, que esfregava uma estante de livros, olhou rapidamente para a Fera. Enquanto o observava, ele ergueu as mangas e, na sequência, pegou um pano e um balde.

Uau, ela pensou.

Lumière, Horloge, Plumette e Madame Samovar observaram temerosos enquanto a Fera seguia em direção a uma janela. Ele mergulhou o pano na água e começou a esfregá-lo nos vidros sujos.

– Agora, sim! O que acha, Lumière? – ele perguntou alguns minutos depois.

Bela se segurou para não rir. A janela estava ainda mais suja do que quando ele começara.

– O que eu acho? – disse Lumière, buscando as palavras. – Acho, mestre, que… que o seu…

Horloge levou uma mão até a boca e tossiu:

– Entusiasmo.

– Eu acho que o seu entusiasmo é um exemplo para todos nós! – exclamou Lumière, as chamas de suas velas brilhando.

– Excelente! Vou limpar outra janela! – A Fera disse.

Antes que Lumière pudesse desencorajá-lo, Zip, que obviamente havia encontrado o livro sobre piratas, surgiu fazendo uma curva e derrubando tudo enquanto corria atrás de Froufrou.

– Arrrgh! Seu cachorro mau! – ele gritou. – Hora de andar na prancha!

Um pequeno sorriso atravessou o rosto da Fera, que pegou um esfregão e fingiu que era uma espada, apontando na direção de Zip.

– *En garde*, pirata!

Zip pulou nas costas de Froufrou.

– Você nunca me pegará vivo! – o pequeno bradou.

A Fera avançou, apontando a espada-esfregão para seus inimigos. Froufrou rosnou, agachou-se e partiu para o ataque.

Em desvantagem, a Fera recuou, apressadamente, afastando-se dos piratas inimigos com a ajuda de sua espada--esfregão pela ampla biblioteca... sem ver a grande poça de água e sabão na qual escorregou, caindo de costas sobre ela.

CAPÍTULO SEIS

TUDO ACONTECEU TÃO rápido que Bela nem teve tempo de piscar.

O pé da Fera foi exatamente na espuma de sabão. Ele escorregou para trás, molhando os braços. Seu outro pé bateu em um balde cheio de água suja, fazendo com que mais água se espalhasse. Ele caiu contra uma estante de livros. A madeira estilhaçou, prateleiras se quebraram, livros voaram. O esfregão quebrou. E o balde, que estava no ar, caiu sobre sua cabeça.

Houve alguns segundos de um desconfortável silêncio. Então, Bela soltou o esfregão que tinha nas mãos e se aproximou da Fera.

– Você está bem?

A Fera se sentou, olhando toda a cena, o balde ainda na cabeça. A jovem se ajoelhou ao seu lado e tirou o balde. Ele piscou para ela, esfarrapado, envergonhado e furioso. Água suja escorria por seu pelo. Sem pensar, ele se sacudiu vigorosamente.

Bela, ainda de joelhos, tão perto, ficou encharcada.

– Oh! Que nojo! – ela resmungou.

Todos ficaram molhados. Horloge cuspiu. Plumette sacudiu as penas, que pingavam de tão molhadas. Madame Samovar e Zip tinham cara de nojo ao sentir as gotas de água suja rolando por suas superfícies de porcelana.

E a Fera grunhiu. Um som baixo e assustador, um presságio de mais uma explosão de raiva. O mestre sorridente e brincalhão de alguns momentos atrás havia desaparecido e, em seu lugar, estava uma criatura irritada e sem graça, desesperada por recuperar sua dignidade.

Os criados sentiram a tempestade que se aproximava. Lumière tentou evitar a tragédia e limpou a garganta, enquanto a água escorria por seu rosto e fumaça subia das velas que haviam se apagado. Ele abriu os braços, com um belo sorriso, e disse:

– Você está nos dando uma grande ajuda, mestre. Uma ajuda inestimável. Mas me pergunto se talvez seu tempo não fosse mais proveitoso dedicando-se ao estudo dos antigos filósofos gregos.

O rosnado da Fera se aprofundou. Ele abriu a boca, pronto para atacar Lumière e os outros, mas, antes que pudesse, outro som foi ouvido: um suave e delicado som, exceto por um estranho fungar.

Era Bela. Ela estava sentada nos calcanhares, as mãos sobre os joelhos, gargalhando sem parar.

A Fera se virou para ela, nervoso, e disse:

– Pare com isso! Pare de rir de mim!

Bela recuou, surpreendida pelo tom dele.

– Não estou rindo de você – ela retrucou.

– Não? Bem, certamente não está rindo comigo – Fera soltou, com acidez.

Bela sacudiu a cabeça.

– Nisso você tem razão, não estou mesmo. Gostaria de rir com você, mas é impossível, a menos que ria também – ela disse, sua voz já um pouco irritada.

– Isso não é engraçado, Bela.

– É, sim. Ninguém se machucou. Estamos todos bem. Olhe para mim. Meu cabelo está imundo. Estou coberta de água suja. Minhas roupas estão molhadas. Todos os outros também estão em um estado lastimável. – E apontou para os criados. – E, se pudesse se ver, estabacado no chão...

Ela começou a rir novamente, mas um rosnado da Fera a interrompeu. Bela estava muito perto dele, a poucos centímetros de distância. Tão perto que ele não conseguiu esconder seus olhos dos dela, como costumava fazer. Ela os analisou, esperando ver raiva. Em vez disso, viu uma dolorosa vulnerabilidade.

Ele pensa que estou sendo grosseira, pensou Bela. *Que estou me divertindo às suas custas.*

A imagem dos cômodos destruídos voltou à sua mente. Ela se lembrou da sensação de desespero que sentira ali. Lembrou-se também da história que Madame Samovar lhe contara sobre a infância da Fera. Suas feridas eram profundas e ainda estavam abertas.

Por que se importa? Uma voz dentro dela indagou. *A Fera se importou quando fez do seu pai um prisioneiro neste castelo? E quando aprisionou você?*

Ela não respondeu à voz, não imediatamente; em vez disso, pensou em seu pai.

Uma vez, quando era pequena, eles saíram para andar na floresta. Lá, encontraram uma raposa com a perna presa em uma cruel armadilha de caça. O pai de Bela começou a tentar libertá-la, mas a pobre raposa, irritada, com dor e medo, o atacou. Ele tentou novamente ajudar o animal que sofria e, mais uma vez, a raposa o atacou.

– Papai, pare! – Bela finalmente conseguiu dizer assustada. – Ela vai morder você!

– Silêncio, Bela. A raposa não pode mudar sua natureza e eu não posso mudar a minha.

Lenta e pacientemente, seu pai persistiu, até que, finalmente, a raposa, exausta, caiu no chão. Ele conseguiu abrir a armadilha e, então, libertá-la.

Por que se importa?, a voz perguntou novamente.

Bela respondeu, colocando a mão no bolso. Mais cedo, ela havia colocado ali um pano enquanto separava materiais para a limpeza. O pano ainda estava seco, a umidade de sua roupa ainda não tinha passado para ele.

Ela o puxou para fora e começou a secar o rosto molhado da Fera. Seu toque foi gentil, mas ele se encolheu como se estivesse sendo atacado.

– O que está fazendo? – ele perguntou, agora com um tom de incerteza, e não mais de irritação, na voz.

– O que parece que estou fazendo? Estou limpando seu rosto.

– Não precisa. Não é necessário. Estou bem... – ele protestou. – Isso é muito áspero. Ai! Pare. Está puxando meu pelo. Seja cuidadosa! Isso aí é o meu nariz, você sabia? Ai, Ai! Minhas orelhas são muito delicadas!

Bela insistiu, ignorando as queixas da Fera.

– Está se sentindo melhor? – ela questionou quando terminou de secá-lo.

– Suponho que sim. Sim. Bem melhor – a Fera respondeu relutante. – Mas meu casaco está imundo e minha camisa está encharcada. Eu... Eu irei até meu quarto para me trocar. E, depois, para o escritório. Estou trabalhando em uma tradução de Epiteto. Devo avançar, sabe. Não posso passar o dia todo aqui perdendo meu tempo.

A Fera se levantou, sacudiu a água das patas e caminhou até a entrada. Ele fez uma pausa por alguns segundos e lançou um último e penetrante olhar à biblioteca.

Ele queria ficar aqui, pensou Bela. *Conosco. Ele preferiria esfregar este chão imundo a ficar sozinho em seus aposentos.*

– Chapeau? Chapeau! Me traga roupas limpas! – ele gritou.

Bela ouviu Chapeau vir correndo pelo corredor. Apareceu na entrada e mediu a Fera de cima a baixo. Ele pressionou duas de suas mãos em seu peito magro, perturbado ao ver o traje de seu mestre.

– Agora, Chapeau, agora. Você não deveria ter uma reação assim – disse a Fera. – Devemos conseguir rir de bagunças, acidentes e coisas assim. – Ele olhou para Bela. – Pelo menos foi o que me disseram.

Chapeau acompanhou a Fera da biblioteca até seus aposentos, e Bela e os criados ficaram ali mesmo.

Ainda ajoelhada, a moça enfiou o pano úmido no bolso e começou a pegar os livros que haviam caído no chão quando a Fera caiu sobre a estante.

– Temos que encontrar algumas prateleiras vazias para colocarmos esses volumes. Vocês viram alguma brechinha? – perguntou aos demais.

Ninguém respondeu.

Que estranho, pensou Bela, virando-se para os amigos.

Eles estavam ali, parados, imóveis. Nenhum deles havia se movido desde que a Fera saíra da sala. Eles pareciam aturdidos.

– Plumette? Madame Samovar? Algum problema? – perguntou Bela, perplexa com o estranho comportamento de todos.

– O mestre estava com raiva... – Lumière começou.

– Mas ele não gritou – terminou Plumette. Sua voz era de surpresa.

– Não rugiu – adicionou Horloge.

– Nem quebrou nada – adicionou Madame Samovar admirada. – Deve ser porque...

Ela olhou para Lumière, depois para Horloge, como se tivesse falado demais. Então, engoliu suas palavras.

– Deve ser porque... – Bela repetiu, ansiosa, esperando que pudesse descobrir alguma coisa, qualquer coisa que fosse ajudá-la a entender o motivo de estar ali.

Mas Madame Samovar a desapontou e simplesmente disse:

– Deve ser porque ele tem que voltar ao trabalho.

A frustração tomou conta de Bela. Ela queria pressionar sua amiga para conseguir mais informações, mas sabia que não obteria sucesso. Madame Samovar já estava novamente limpando as janelas. Era isso que sempre acontecia: quando Bela fazia as perguntas erradas, os criados logo arranjavam algo com que se ocupar.

A sensação de solidão profunda dominou Bela. A Fera havia ido embora e os criados estavam cuidando de seus afazeres. Ela sentia uma terrível falta de seu pai. Ter recordado o episódio da raposa na armadilha a havia deixado com ainda mais saudade de sua companhia. Se ao menos pudesse conversar com ele, mesmo que fosse só por uma hora. Mas Bela sabia que isso não aconteceria. Não naquele momento. Nem nunca.

Recusando-se a ceder ao desespero que a assolava, Bela pegou os livros que estavam no chão e foi atrás de um lugar para colocá-los.

Lembrou-se de que sua situação estava muito melhor do que já havia sido algum tempo antes: agora ela tinha a biblioteca da Fera. Podia se sentir solitária, ser prisioneira em um castelo estranho, onde sempre era inverno, mas já não estava mais sozinha. Ela tinha Shakespeare como companheiro. E Molière. Dante. Rousseau.

Ela descobriria o verdadeiro motivo pelo qual era mantida prisioneira. Talvez não tão rápido quanto gostaria, mas, um dia, descobriria.

Até esse dia chegar, Bela se consolaria nos livros.

Exatamente como sempre havia feito.

CAPÍTULO SETE

– ESTOU COM CÂIBRA em minhas engrenagens – disse Horloge com as mãos pressionadas na parte de trás de sua carcaça. – Receio que nunca mais volte a tocar de maneira adequada.

Eram quatro horas. O anoitecer se aproximava do castelo. Bela e seus amigos estavam naquela faxina há oito horas, tendo feito apenas uma pequena pausa.

– Uma cadeira confortável, ao lado da lareira, vai resolver seus problemas, Sr. Horloge – disse Madame Samovar. – Vou cuidar de colocar um pouco de óleo para aliviar suas engrenagens e afofar um macio travesseiro para o senhor.

– Que grande mulher. Um anjo de piedade! – exclamou Horloge, que se curvou para pegar um pano no chão, reclamando da dor, e se dirigiu à porta.

– Horloge, espere! – Bela correu para alcançá-lo.

Ele parou e se virou.

– Não me diga que deixei passar uma mancha! – ele a advertiu.

– Posso lhe agradecer? – a moça ajoelhou-se e beijou sua bochecha.

Horloge sorriu.

– Isso pode, minha querida – ele respondeu, acariciando seu braço.

– E quero agradecer também a vocês, Madame Samovar, Plumette, Lumière – Bela acrescentou, olhando cada um de seus amigos. – Eu levaria um mês para fazer todo esse trabalho sozinha. Foram muito gentis em me ajudar. E isso significa muito para mim.

– Foi um prazer – disse Lumière.

– Não exatamente – resmungou Plumette. Ela olhou em volta, avaliando seu trabalho. – Mas a biblioteca ficou realmente muito bonita.

Horloge, com o pano na mão, saiu da biblioteca. Bela podia ouvir seus gemidos enquanto ele descia a escada. Plumette e Lumière foram logo atrás dele.

Madame Samovar foi a última a sair, mas, da porta, virou-se medindo Bela de cima a baixo.

– Se pudesse se ver, meu bem! – disse ela, rindo. – Parece que esteve limpando chaminés o dia todo!

Bela riu e prendeu o pano de limpeza que ainda tinha nas mãos na saia do vestido.

– Você não vai descer? Vou servir um chá – disse Madame Samovar.

– Talvez em um instante – a jovem respondeu, olhando para uma prateleira cheia de livros.

Madame Samovar sorriu.

– Acho que entendi. O chá e os biscoitos não são tão tentadores quanto as histórias, não para quem ama os livros. Mesmo assim, desça para comer alguma coisa, meu anjo. O mestre vai comer em seus aposentos esta noite, então o jantar será algo simples, mas vamos preparar algo nutritivo para você. Depois de todo esse trabalho, é preciso uma boa refeição.

Bela prometeu que iria jantar, e Madame Samovar desceu as escadas para se juntar aos outros. Assim que ela se foi, Bela virou-se e analisou a biblioteca. Sua biblioteca. As tábuas do piso agora brilhavam, e muito. A lareira estava acesa. Todas as prateleiras haviam sido limpas. As teias de aranha já não existiam. As janelas reluziam.

Ela pegou um candelabro e caminhou ao longo de uma parede de estantes altas, passando os dedos sobre as lombadas dos livros, olhando os títulos. Ela se sentia a pessoa mais rica do mundo.

Quando chegou ao final da parede, viu o assento sob a janela. Sobre seu confortável assento de veludo havia um livro aberto, um livro sobre piratas.

– Zip – disse Bela, balançando a cabeça.

Bela apoiou a vela e pegou o livro para guardá-lo. Nesse momento, seus olhos viram uma porta de madeira estreita, escondida entre duas estantes altas, bem ao lado do assento sob a janela.

A porta estava entreaberta.

Bela não havia limpado nada do outro lado. Estivera tão ocupada com a parte da frente da biblioteca que nem tinha visto a tal porta. Será que alguém tinha?

– Droga. – Ela suspirou. – Não acredito que ignoramos uma sala inteira.

Segurando a vela à sua frente, a moça caminhou até a porta, colocou a mão na maçaneta e, ao tocá-la, uma sensação de medo pesada e arrepiante como um nevoeiro de inverno tomou conta dela.

– Pare com isso, não seja tonta! – exclamou em voz alta, irritada com seu comportamento bobo. – Contenha-se.

Abrindo a porta, ela entrou em um pequeno e escuro quarto que estava ainda mais sujo do que o restante da biblioteca. Usando a vela para iluminar o ambiente, viu que não havia nada sinistro ali: apenas uma mesa sobre a qual estavam penas, um pote vazio de tinta, uma tigela com cola seca, papel, pano e um grosso livro com a palavra *Aquisições* escritas na capa.

O quarto obviamente havia sido usado para catalogar novos livros e reparar os antigos. Talvez o castelo tivesse tido seu próprio bibliotecário em algum momento. Bela sorriu ao pensar que agora ela era a bibliotecária. Prometeu cuidar para que a biblioteca fosse mantida bem organizada e limpa, algo que deixaria padre Robert orgulhoso.

Bela abriu o antigo livro. A última entrada, escrita de forma manual e precisa, indicava a compra de um exemplar da primeira edição da *Divina Comédia,* de Dante, de um livreiro em Veneza por um valor astronômico.

O coração da jovem acelerou com o simples pensamento de ter um livro precioso e inestimável como aquele em suas mãos, mas Dante teria que esperar até o dia seguinte. Ela estava cansada demais até mesmo para abrir um livro, mais ainda para procurar um.

Fechou o livro e, quando o fez, sentiu como se houvesse uma presença fantasmagórica ali. Ela se virou, assustada, mas logo entendeu o que havia acontecido: a única janela da sala estava ligeiramente aberta, e o vento invernal assobiava. Uma leve camada de neve estava sobre o peitoril.

Com frio, Bela apoiou a vela na mesa e fechou a janela. A ideia de se sentar ao lado da lareira, com uma xícara de chá e seus amigos, de repente, pareceu bastante atraente. Pegou sua vela e estava prestes a sair dali quando algo mais lhe chamou a atenção. Na mesa, à esquerda da janela, havia um pesado livro preto.

– Isso é estranho. Por que você não está arquivado? – ela se perguntou em voz alta, caminhando até ele.

O livro, cuja encadernação era de couro, estava estranhamente livre de poeira. Alguém teria ido até lá para lê-lo? Teria a Fera deixado o livro separado para ela?

Bela olhou para o chão, mas as únicas marcas no empoeirado piso eram as suas próprias pegadas. Franzindo o cenho, se curvou e leu o título gravado na capa de couro:

– *Nunca mais.* – Intrigada, ela o pegou.

O livro estava quente. Bela sentiu uma leve pulsação quando o tocou. Era como se tivesse um coração batendo ali dentro. Como se estivesse vivo. Assustada, deixou-o cair na mesa provocando um forte estrondo.

Então, logo o livro voltou para a posição vertical.

CAPÍTULO OITO

Bela deu um passo para trás. Já estava acostumada a objetos que falavam e se moviam, mas não esperava por um livro vivo.

A Fera a advertira de que a biblioteca continha alguns livros encantados e que alguns deles podiam ser rebeldes. Seria esse o livro em questão? O que ele poderia fazer?

– Me desculpe... Desculpe por ter perturbado você. Não queria incomodar. – A moça estava hesitante.

O livro não respondeu às suas desculpas. Em vez disso, ele se moveu para a borda da mesa, caminhando, usando sua base como apoio e, então, pulou para o chão.

Bela se afastou, mas, ao dar o primeiro passo, tropeçou no tapete, perdeu o equilíbrio e caiu no chão, resultando em um forte estrondo.

Por alguns segundos, ela imaginou que o fato de *Nunca Mais* parecer maior do que antes tivesse a ver com a mudança de seu ponto de observação.

Porém, quando se recuperou do susto da queda, viu que estava errada.

O livro estava crescendo.

CAPÍTULO NOVE

BELA, COM OS olhos arregalados, observava o livro crescendo.

Nunca Mais ficava cada vez mais alto, maior do que Bela. Prestes a tocar o teto, o livro parou de crescer e se abriu. Suavemente, os sons começaram a escapar pela capa entreaberta: a risada de uma mulher, o grito de um homem, o relinchar dos cavalos, música, brindes...

Bela não sabia se sentia mais medo ou encantamento. Então viu algo; algo que parecia uma aranha escura na sombra entre a capa e as páginas de *Nunca Mais*. A criatura saiu do livro e subiu pela parede. Outra criatura desceu pelas pernas da mesa. Uma terceira saltou diretamente para uma estante de livros.

Bela, ainda sentada no chão, recuava, afastando-se daquelas desconhecidas criaturas. *O que são essas coisas?*, ela se perguntou, cautelosamente. *Insetos? Ratos?*

A capa se abriu um pouco mais, e mais criaturas começaram a sair do livro. A moça se levantou, pronta para impedir que aquelas coisas se aproximassem dela.

Contudo, quando uma das criaturas se aproximou, o medo de Bela virou admiração. Não era um inseto, não era um roedor. Era uma *palavra*.

Bela se ajoelhou e abriu as mãos. ANSIEDADE saltou para uma de suas palmas. FADA passou por baixo dela. CERTE-

ZA perseguia DÚVIDAS pelo cômodo. BELEZA e REQUINTE se empurravam.

A sala estava cheia de palavras. Elas saíam do livro como a água corre por um rio. Enrolavam-se nos tornozelos de Bela e puxavam a bainha de sua saia.

Bela colocou ANSIEDADE no chão e, ao fazê-lo, a capa de *Nunca Mais* se abriu por completo. Suas páginas começaram a virar, primeiro, lentamente, depois, cada vez mais rápido, fazendo vento e esvoaçando os cabelos e a saia da jovem. De repente, elas pararam, e o livro permaneceu aberto em uma página com apenas cinco palavras: A CONDESSA DÁ UMA FESTA.

Aquela página se virou lentamente, e Bela perdeu o ar, surpresa com o que viu.

Não havia palavras no papel, apenas uma imagem que ocupava toda a página. Quando Bela começou a olhar para ela, a imagem ganhou vida. Os dançarinos começaram a girar e a orquestra, a tocar. Era possível sentir o cheiro de perfume, vinho e rosas.

Pessoas, ela pensou. Uma saudade muito profunda a preencheu quando se deu conta de quanto sentia falta de rostos humanos, de risadas, de conversas.

Aproximou-se da página e a tocou. A imagem se movia e brilhava sob seus dedos, como a superfície de uma lagoa sob a luz do sol. Hipnotizada, Bela foi enfiando o braço para dentro da imagem até o cotovelo, depois puxou-o de volta. Sua pele ficou coberta de gotículas prateadas, como se fosse uma vela derretida e endurecida. Quando sacudiu o braço, as gotículas, que brilhavam como diamantes, caíram pelo chão de madeira.

– O que você é? – murmurou para o livro.

Como se estivesse respondendo à pergunta, a página se ondulou novamente. O livro parecia acenar para Bela. Ela havia colocado o braço ali e nada de mau havia acontecido... E se ela entrasse no livro? Seria possível?

Seu coração se acelerou pelo simples pensamento de entrar nas páginas de *Nunca Mais* e descobrir de onde o riso e a música estavam vindo, mas algo a impediu. O que estaria dentro daquelas páginas? E se ela não gostasse de lá? Como voltaria?

Lembrou-se das palavras da Fera sobre os livros encantados: "A maioria é inofensiva, mas alguns podem ser um pouco rebeldes".

Se eu posso lidar com a Fera, posso lidar com um livro rebelde, ela pensou.

Então, respirou fundo.

E entrou na história.

CAPÍTULO DEZ

– *Mademoiselle*! Tome cuidado! – gritou uma voz.

Bela se virou. Seu coração se acelerou. Ela gritou.

Uma carruagem conduzida por quatro grandes cavalos cinza vinha em sua direção, saindo da escuridão. Bela saltou para sair do caminho, chocando-se contra uma cerca de espinhos. A carruagem passou por ela e desapareceu.

Tremendo de susto, a moça apertou a mão contra o peito. Se o motorista a tivesse alertado uma fração de segundo depois, ela teria sido pisoteada.

– Onde estou? – sussurrou, olhando ao redor.

Nunca Mais se levantou, a poucos passos de distância, suas páginas cintilando. Mas a sala anexa à biblioteca tinha desaparecido.

– O livro deve ser algum tipo de portal. Uma porta da biblioteca até aqui. Onde quer que "aqui" seja – considerou.

Era noite e, quando seus olhos se ajustaram, viu que estava em uma estrada de pedra. As velas cintilavam nas lanternas que iluminavam seu contorno. A estrada parecia atravessar uma vasta propriedade, com enormes carvalhos frondosos, teixos, roseiras e arbustos cortados na forma de animais.

Ainda tremendo, Bela olhou para a esquerda e viu um alto portão de ferro aberto para permitir que as carruagens passassem. Nele, havia um brasão de armas onde se podia ver duas foices cruzadas e, abaixo, os seguintes dizeres: "*omnia vinco*".

Bela tinha aprendido um pouco de latim na pequena biblioteca da sua vila.

– "Conquistai tudo" – ela leu em voz alta.

A propriedade deve pertencer a um general, um almirante ou um poderoso nobre, pensou.

Os portões estavam presos a altos pilares de pedra, a partir dos quais seguia um imponente muro, com estátuas no topo: uma estátua era de Hades, deus do submundo, a outra de Perséfone, sua esposa. Fora dos portões, havia uma enorme e assustadora escuridão.

Bela olhou para a direita, analisando a longa estrada, e viu uma luz dourada brilhando em meio às árvores.

Naquele momento, outra carruagem se aproximou, esta conduzida por quatro nobres cavalos brancos. Bela, que agora estava em segurança, fora do caminho, observou a carruagem passar velozmente pela estrada.

Ela lançou um olhar incerto sobre o livro encantado, tentando decidir o que fazer. Parte dela queria correr de volta para suas páginas e retornar para a segurança do castelo da Fera, mas outra parte, a mais aventureira, queria descobrir aonde essas carruagens estavam indo e o que produzia aquela luz dourada.

A parte aventureira ganhou, como costumava acontecer, e a jovem seguiu pela estrada em um ritmo acelerado. O caminho, que cruzava a propriedade, era cheio de curvas, árvores, lagoas e riachos, matas e arbustos. Houve momentos em que ela perdeu de vista a luz e se perguntou o que estava fazendo, mas seguiu pela estrada, sempre caminhando. Mais de quinze minutos depois do início do percurso, ela chegou a um bosque repleto de videiras e parou, absolutamente deslumbrada.

Diante dela estava um castelo imenso, maravilhoso, de arquitetura barroca, iluminado pelas tochas.

As carruagens estavam paradas diante de sua escadaria. Os motoristas, impecáveis, os cavalos, jogando a crina. As pessoas que saíam dos veículos eram as criaturas mais deslumbrantes que Bela já havia visto. Elas estavam maquiadas, o rosto branco de pó, os lábios vermelhos, as bochechas coloridas. As mulheres usavam vestidos com todas as cores de um jardim de verão e os homens usavam casacos de seda com calças combinando. Botões de pedras preciosas brilhavam em seus coletes.

A infantaria anunciava a chegada da realeza e dos dignitários estrangeiros. Bela observou, de olhos arregalados, uma princesa japonesa, um xá da Pérsia, um conde russo e um embaixador da Inglaterra subindo as escadas.

Todos pareciam tão exóticos e fascinantes, e Bela desejava falar com eles, ouvir suas histórias e saber mais de seus países. Até ir para o castelo da Fera, Bela nunca havia saído de Villeneuve. Quioto, Xiraz, São Petersburgo, Londres, todas aquelas cidades eram incrivelmente exóticas e distantes de sua minúscula e sem graça vila.

Olhando rapidamente ao redor, para garantir que ninguém a estivesse observando, Bela foi chegando mais perto. Ela não tinha o direito de entrar ali, mas não podia se conter. Queria absorver todos aqueles detalhes. Quando chegou ao fim da estrada, tentando manter-se na sombra, começou a escutar as pessoas saudando umas às outras, homens se curvando para as mulheres e beijando-lhes as mãos.

Encantada, se aproximou ainda mais. Cerejeiras seguiam as extremidades da escadaria do castelo. Escondida entre os arbustos, Bela aproximou-se o máximo possível. Abraçada ao tronco de uma árvore, com o rosto pressionado contra ele, tudo o que queria era se juntar àquelas incríveis pessoas, no entanto, sabia que esse era um desejo ridículo.

– Como seria contrastante a minha presença em um evento tão elegante – avaliou pesarosamente, olhando para sua roupa. – Meu vestido imundo, minhas botas estão completamente...

Empoeiradas, ela estava prestes a dizer, mas a palavra morreu em sua garganta.

Seu humilde vestido azul havia desaparecido. Em seu lugar, Bela usava um belíssimo vestido de baile feito de seda.

CAPÍTULO ONZE

Bela soltou-se da cerejeira. Olhou em volta, apavorada.

– Como... Como isso aconteceu? – balbuciou.

Aturdida, tocou o vestido para se certificar de que era real. A seda deslizava em suas mãos. Nos pés, as botas de couro haviam sido substituídas por delicadas sandálias revestidas de cetim. Levou as mãos até o cabelo percebendo que estava preso em um belo penteado. As mãos, então, foram para o pescoço, no qual um lindo colar estava pendurado.

– Safiras – atestou ao olhar a joia. – Estou usando safiras.

Ninguém em Villeneuve possuía uma safira, quanto mais dúzias delas, impecavelmente montadas em um elegante colar.

A transformação súbita era vertiginosa. Bela fechou os olhos e contou até dez, certa de que, quando os abrisse, estaria novamente com suas roupas de camponesa. Mas não foi o que aconteceu.

Ainda incapaz de acreditar no que via, saiu de trás da árvore e foi para a luz, para analisar melhor suas vestimentas. Nem percebeu como estava perto do castelo, tanto que poderia tocar um dos leões de pedra deitados na suntuosa entrada.

Um grupo muito animado de convidados passou por Bela, e uma jovem a olhou de cima a baixo para, então, dizer:

– Que lindo vestido! Quero saber quem é sua costureira!

Pegando Bela pelo braço, a convidada seguia para a escadaria e a levava junto.

– Meu vestido? Este... este vestido? – Bela gaguejou, perguntando-se como poderia responder a tal pergunta.

Felizmente, não foi preciso. Um jovem se aproximou e sussurrou algo no ouvido da mulher, que começou a rir e bateu nele levemente com seu leque. No mesmo momento, soltou-se de Bela e seguiu sendo conduzida pelo jovem, parecendo esquecer-se de tudo o que tinha acabado de dizer.

A opulenta entrada estava cheia de pessoas. A música alta se sobrepunha às risadas. As velas cintilavam. O cheiro das rosas embriagava. As portas arqueadas levavam a um hall onde outra escada deslumbrante conduzia aos níveis superiores do castelo. Bela começou a entrar em pânico. Ela não sabia o caminho a seguir e nem o que fazer.

– *Mademoiselle*, posso? – disse uma voz.

Bela virou-se para a direita e viu um belo par de olhos acinzentados. Os olhos pertenciam a um jovem, talvez apenas um ano ou dois mais velho do que ela. Ele estava usando um casaco verde claro. Seu cabelo, escuro e espesso, estava puxado para trás e amarrado com uma fita preta. Um meio sorriso tocava seus lábios.

– Seria um verdadeiro prazer acompanhá-la – ele disse.

– Acompanhar-me para onde? – perguntou Bela aturdida.

– Oras, acompanhá-la para conhecer a condessa!

– Mas... Mas onde eu estou?

– No baile de verão da condessa. Em sua propriedade, nas redondezas de Paris.

– Paris? – disse Bela sem poder acreditar. – Estou em um castelo nas redondezas de Paris?

O jovem inclinou a cabeça, aproximando-se dela:

– Claro! Não é isso que uma boa história faz? Você se envolve tão profundamente com seus detalhes de modo que nunca mais possa partir. – Ele ofereceu a Bela seu braço. – A Condessa de *Terres des Morts* deseja conhecê-la. E ela não gosta muito de esperar.

Bela ficou surpresa com o título da condessa.

– *Terres des Morts*... – repetiu. – Terra dos mortos, certo? Não tenho certeza de que eu deseje conhecê-la!

O jovem riu.

– É um título horrível, concordo. Foi dado a um antepassado da condessa, depois de ganhar uma batalha particularmente sangrenta. Mas garanto que o título é muito mais assustador do que ela.

Bela hesitou.

– O que é este lugar? – ela indagou.

– Um lugar com um pouco de magia, como em todos os bons livros – respondeu o jovem. – Um refúgio. Um lugar onde você pode deixar as preocupações de lado. – Ele sorriu. – Pelo menos por um ou dois capítulos.

O jovem ofereceu novamente o braço a Bela, que mordeu o lábio e lançou um olhar para trás. Não era tarde demais para ir embora. Não era tarde demais para sair do castelo, seguir o caminho e chegar ao portal que poderia levá-la de volta ao castelo da Fera.

Mas, lá, ela só podia ler histórias. Ali, parecia que ela podia viver uma.

– Devo ir ao encontro da condessa – disse o jovem, abaixando o braço. – Siga virando as páginas de *Nunca Mais,* se desejar, ou o feche. A escolha é sua.

Ele se curvou, reverenciando-a, e virou-se para partir.

– Espere! – gritou Bela.

O jovem voltou-se para ela, um olhar confuso no rosto. Bela olhou novamente para seus belos olhos. Eles brilhavam com mistério e uma pitada de malícia.

Paris. Um grande castelo. Uma condessa misteriosa. Um elegante acompanhante, ela pensou.

A história tinha um começo tentador.

– Vamos? – perguntou o jovem.

Bela respirou fundo:

– Sim, vamos.

CAPÍTULO DOZE

– Aliás, meu nome é Henri – disse o jovem.

Ele a orientou pelo hall e os dois seguiram por um corredor cheio de estátuas e pinturas.

– Apenas Henri? – perguntou Bela.

– Você exige o meu título completo? – ele perguntou com um sorriso malicioso. – Muito bem, então. Henri, Duque de *Choses-Passées*,[2] ao seu dispor.

Bela piscou. Não era todos os dias que ela frequentava um baile nos arredores de Paris, acompanhada de um duque.

Henri levantou uma sobrancelha diante do silêncio dela.

– Ah, sinto muito. Eu desapontei você. Estava esperando um príncipe.

Bela recuperou a voz.

– Não estava, não! – protestou ela.

– Estava, sim. Admita. Ele deveria ser atraente, bonito e rico. Traria-lhe um sapato de cristal, é claro, e estaria pronto para o casamento depois de uma única dança.

Bela viu que ele a estava provocando.

– Você é completamente ridículo! – ela disse.

Henri, agora sorrindo, enquadrou, com a mão, o cenário diante deles:

– Imagine só: você viveria em um palácio suntuoso, onde seria servida por uma centena de criados. Comeria bolo de

2 "Coisas passadas", em português. (N. E.)

café da manhã, *strudel* de jantar e nunca precisaria sair da cama. Você teria macacos, papagaios e ouriços.

– Isso está começando a parecer tentador – disse Bela, entrando na brincadeira. – Eu adoro ouriços.

– Você teria lindos filhos que seriam príncipes e princesas. Vinte deles.

As sobrancelhas de Bela se ergueram.

– Só isso?

– Não está bom? Trinta, então. Você e seu príncipe viveriam uma vida maravilhosa. Jogariam damas, costurariam meias, seriam generosos com os camponeses, governariam o mundo…

– Tudo isso sem sair da cama?

– Você teria que colocar umas rodinhas na cama, é claro.

A imagem de um príncipe e uma princesa que governavam a partir de uma cama com rodas era tão absurda que Bela caiu na gargalhada.

– Vocês viveriam felizes para sempre. Nada além de amor e doces. Não é assim que são essas histórias?

– Essas histórias, sim. Mas não a minha – disse Bela.

– Nada de príncipe encantado para você, então? – perguntou Henri. – Nem mesmo um belo cavaleiro em um cavalo branco que vem salvá-la? Não estou surpreso. Sempre ouvi que você é o tipo de garota que cuida das coisas. Salvou seu pai de viver como prisioneiro de uma fera.

Bela parou repentinamente.

– Como sabe disso? – perguntou desconfortável. Henri era espirituoso e divertido, mas, ainda assim, era um estranho.

Ele não respondeu. Os dois chegaram a uma porta dupla que se encontrava aberta. Diante deles havia um magnífico salão de baile e uma orquestra tocava enquanto os convidados dançavam um gracioso minueto.

– Está pronta, Bela? – ele perguntou.

– Você também sabe meu nome? – Bela perguntou apreensiva.

– A condessa me contou sobre você. Ela está muito interessada em conhecê-la melhor.

– Está? E por quê? Como *ela* sabe sobre a minha vida?

Mas o olhar de Henri estava focado no salão de baile:

– Venha, está na hora.

CAPÍTULO TREZE

Em uma cadeira que mais parecia um trono, com seu revestimento vermelho adamascado, havia uma mulher sentada com a postura ereta.

Seu cabelo negro estava preso com pentes ainda mais negros. Um belo colar de rubis envolvia seu pescoço. Um vestido de seda preta destacava sua pele pálida e seus lábios vermelhos. Era impossível adivinhar sua idade: não havia sequer uma marca de expressão em seu rosto, e seus olhos, tão verdes como as esmeraldas, eram profundamente sábios.

Muitos olhavam Henri e Bela se aproximando da condessa. Sussurros por trás de leques pintados podiam ser ouvidos.

Henri curvou-se em reverência à mulher. Ao se endireitar, ele disse:

– Condessa, permita-me apresentar *Mademoiselle* Bela do *Château de la Bête. Mademoiselle*, esta é a Condessa de *Terres des Morts*.

– É uma honra conhecê-la, Condessa – disse Bela, também curvando-se.

Ela estava ansiosa para fazer mil perguntas à condessa, mas achou que seria estranho fazê-lo na frente de tantos espectadores curiosos.

Os olhos astutos da condessa avaliaram Bela.

– A honra é minha, *mademoiselle*. Fico feliz por ter se juntado a nós. Há muito para conversarmos...

A música começou a tocar, interrompendo sua frase. Bela reconheceu as notas de abertura de uma bela serenata espanhola.

– Minha favorita! – exclamou a condessa. – Vamos dançar primeiro, minha querida menina. Conversaremos depois, quando estivermos cansadas de dançar!

Um homem alto, com o peito enfeitado por medalhas, curvou-se para a condessa e, então, levou-a para a pista de dança.

Henri, seguindo o exemplo, ofereceu a Bela sua mão, mas a moça novamente hesitou, de novo sentindo que aquilo não poderia estar acontecendo.

Henri sorriu.

– Você não vive dizendo que gostaria de viver algo além da vidinha pacata de seu vilarejo? Não é todo o dia que se adentra em uma história emocionante. Aproveite, Bela.

Na pista de dança, os casais se aproximavam, rindo e se divertindo. As bochechas coradas, a música alta e insistente... Bela foi incapaz de resistir e juntou-se impulsivamente a esse cenário.

Os minutos seguintes foram tão intensos como um passeio pela floresta em um cavalo selvagem. O toque das mãos, o giro dos corpos, o som dos calcanhares batendo no chão, aquilo era fantástico. O coração de Bela batia no ritmo da música. Ela se sentia leve e livre.

Quando a dança terminou, a jovem estava sem fôlego. Henri a tirou da pista de dança para que pudesse se recuperar e, lá, encontrou um conhecido dele, um ator de Londres.

– Edward e sua trupe estão em Paris para uma produção de *Hamlet* – ele explicou depois de apresentá-lo a Bela.

– Sério? – disse Bela, ansiosa por conhecer alguém tão interessante. – Eu adoraria assistir. *Hamlet* é uma das melhores peças de Shakespeare, em minha opinião. Melhor que *Macbeth* ou *Otelo*.

Edward deu-lhe um sorriso paternalista.

– Oh? E o que uma menina bonita conhece de Shakespeare? Deixe-me adivinhar... "Ser ou não ser: eis a questão"?

Bela estremeceu com a grosseria do homem. Ela conhecia muito bem o tipo. Villeneuve tinha muitos como ele, e ela tinha aprendido a lidar com gente assim.

Sorrindo docemente, ela limpou a garganta.

– "Quem está aí?" – entoou com a voz mais profunda que pôde.

Edward piscou, confuso.

– Desculpe?

– Certamente reconhece a primeira fala da peça que está interpretando, não reconhece, *monsieur*? – desafiou-o. – Por que não diz a fala seguinte? Então, seguimos até que um de nós cometa um erro.

A multidão ficou em polvorosa.

– Uma disputa! – sussurrou uma mulher.

– Um duelo de palavras! – instigou outro.

– Não seja tola. Eu sou um ator treinado, profundo conhecedor de Shakespeare, um profissional de renome. A senhorita apenas vai passar vergonha – atestou Edward, com desprezo.

Os olhos de Henri cintilaram com certa crueldade.

– Venha, Bela – ele disse cauteloso. – *Monsieur* Edward, parece, tem medo de um desafio.

– Isso é absurdo – Edward resmungou. Então, ele se virou para Bela. – Quando tiver perdido e for chorar pelos cantos, não diga que não avisei.

– Não direi – prometeu Bela.

Edward tomou uma respiração profunda e teatral e expirou novamente. Fechou os olhos, tocou os dedos nas têmporas e, com uma voz bastante alta, disse:

– "Sou eu quem pergunta! Alto, e diz quem vem!"

– "Viva o rei!" – respondeu Bela, sorrindo.

– "Bernardo?" – disse Edward.

– "O próprio" – Bela completou.

– "Chegou na exatidão de sua hora" – Edward rebateu.

– "Acabou de soar a meia-noite. Vai pra tua cama, Francisco" – acrescentou Bela sem perder uma deixa.[3]

A expressão presunçosa de Edward desapareceu. Em vez disso, ele demonstrava ansiedade. As palavras vinham com velocidade e fúria, como um verdadeiro ataque. A multidão desfrutava, maravilhando-se com a sequência de falas proferidas por Edward e Bela, com a mudança de personagem para personagem, sem tropeços.

A primeira cena deu lugar à segunda. A testa de Edward brilhava com o suor. As bochechas de Bela estavam rosadas. Seu sorriso crescia e seu coração se emocionava com a competição.

Hamlet era a peça favorita de padre Robert. Foram muitas as manhãs nubladas e chuvosas, e muitas as longas tardes de inverno que os dois passavam a recitá-la. Às vezes, padre Robert ficava com o papel de Hamlet, brandindo uma vassoura

3 SHAKESPEARE, William. *Hamlet*. 1. ed. São Paulo: L&PM Editores, 2000. 140 p.

velha como se fosse sua espada. Outras vezes, ele interpretava Gertrudes, com um pano de prato na cabeça. Bela havia sido Ofélia, Laerte... Ela podia recitar a peça dormindo.

Da segunda cena, passaram à terceira. Edward acabara de iniciar a fala de Laerte para Ofélia e, quando ele deu a deixa, Bela terminou o solilóquio e se curvou, diante da multidão, que explodiu em contentamento.

– *Isso, monsieur* – ela disse determinada –, é o que uma bela jovem sabe sobre Shakespeare.

Edward curvou-se, rigidamente, admitindo, sem graça, sua derrota. Depois, virou-se e partiu.

Henri, imediatamente, surgiu ao lado de Bela.

– Muito bem! Ele é um prepotente e mereceu.

– Henri! – gritou Bela.

– Desculpe, mas é a verdade! Ele é um baita prepotente!

Um marajá cheio de joias aproximou-se de Bela. Ele se curvou e perguntou se poderia dançar com ela a *passacaglia* seguinte. Bela dançou com ele e continuou a dançar. Não ficou sentada nem mesmo uma hora completa. Minuetos, *allemandes*, valsas: ela foi retirada para todas as danças. Durante os curtos descansos entre as canções, Bela conheceu pintores e professores. Riu com filósofos. Foi apresentada a um príncipe iorubá, a um explorador do Peru, a um escultor da Varsóvia. A imperatriz vietnamita da China a convidou para visitar a Cidade Proibida e conhecer o palácio imperial.

Então, quando finalmente ficou completamente sem fôlego, Bela sentiu um braço passando pelo seu, como se fosse uma serpente.

– Ainda não furou os sapatos? – a condessa lhe perguntou, seus olhos brilhantes animados.

Bela levantou um pouco a saia do vestido e espiou os pés. Seus dedos grandes estavam cutucando o tecido delicado da sandália. Ela, então, abaixou a saia, sem graça.

– Maravilhoso! É assim que sabemos que um baile foi bom! – declarou a mulher, conduzindo Bela para um terraço. – Venha comigo, criança. Preciso de um pouco de ar fresco.

A condessa se abanava enquanto falava e seu forte e picante perfume se espalhava ao redor. Bela tinha certeza de que já tinha sentido aquele cheiro antes, mas não conseguia se lembrar de onde.

Um criado com olhos brilhantes e um grande nariz adunco abriu as portas francesas para elas, curvando-se enquanto sua ama passava. Ele estava vestido com um traje preto e colarinho branco.

– Ouvi falar muito sobre você, Bela – disse a condessa enquanto saíam para o terraço. – Sei que adora livros, que deseja viajar e… – ela fez uma pausa e deu uma olhada furtiva para Bela – … e sei que sua situação atual é bastante difícil. Espero que a noite tenha feito seu coração se iluminar um pouco.

– Perdão, Condessa, mas como sabe todas essas coisas a meu respeito? – perguntou Bela. – Acabamos de nos conhecer.

Bela sentiu a mesma pontada repentina de desconforto que havia sentido com Henri quando ele havia contado coisas sobre ela que um desconhecido não teria como saber.

A condessa riu.

– Esta é Paris, criança! As palavras viajam. Conheço tantas pessoas, veja só. Mais cedo ou mais tarde, fico sabendo de tudo. Todos passaram por *Nunca Mais*.

– Mas o que é *Nunca Mais*? Como é que... tudo isso... – Bela gesticulou, apontando para o castelo, os convidados, as velas que cintilavam, as belas cerejeiras. – Como é que tudo isso acontece?

A condessa sorriu cautelosamente.

– Oras, através da magia da narração, é claro. Eu sou a autora de *Nunca Mais*. Este é um livro especial. Muito especial. Contém muitas histórias. Mas esta história? Ah, Bela, esta estou escrevendo apenas para você.

– Por quê? Por que para mim? – questionou.

Mas a condessa não ouviu sua pergunta. As duas caminhavam pelo terraço e haviam chegado até sua extremidade, onde algo havia chamado a atenção da mulher.

– Estão servindo os aperitivos. Finalmente! – ela disse, apontando para uma imagem deslumbrante. – Vejamos o que meus cozinheiros prepararam. Estou faminta!

Tentadores aperitivos haviam sido servidos sobre as mesas cobertas de linho branco e decoradas com lindas flores. As garrafas de champanhe estavam imersas em gelo dentro de baldes cor de vinho. Uma tigela de cristal continha um delicioso ponche espumante. Os doces estavam dispostos em finos pratos de porcelana e frutas açucaradas podiam ser encontradas em pequenas torres.

A condessa soltou o braço de Bela.

– Não parece divino? – perguntou – Meu confeiteiro é o melhor de Paris. Sirva-se.

Bela foi diretamente nos *macarons*, organizados por cor sobre uma bandeja de prata, que pareciam deliciosos. Ela escolheu um de chocolate, deu uma mordida e ficou encantada com o sabor divino.

Quando estava prestes a pegar um segundo, um besouro pousou bem no meio da bandeja. Bela soltou um grito e tirou a mão de lá. A criatura era tão grande quanto uma maçã, seu corpo era preto e brilhante, suas asas, iridescentes, e ele tinha dois chifres na cabeça.

Mais dois besouros rastejavam sobre uma torta de framboesa, suas pernas finas afundavam no recheio de creme. Eles usaram o creme em suas patas para escrever sobre a toalha branca. Inclinando-se o mais perto que pôde, Bela leu:

TRÊS COISAS COMIDAS,
AS MENTIRAS DO AMOR SÃO ESQUECIDAS.
TRÊS COISAS PERDIDAS,
A MORTE LHE COBRA EM VIDA.

A condessa também leu a mensagem. Seus olhos brilharam de raiva.

– Insetos imundos! – ela explodiu. Tentou acertar os insetos com seu leque fechado, mas errou a mira e acabou acertando um suporte de doces, que, junto com seu conteúdo, caiu no chão, sujando tudo.

– Mouchard! Venha! – gritou a condessa.

O servo vestido de preto com nariz adunco apareceu imediatamente.

– Mate-os! – a condessa ordenou friamente. – Mate todos eles.

Mouchard pegou uma colher de prata e apressou-se em cumprir o comando de sua mestra, mas os besouros, inteligentes, já desciam da mesa, seguindo para o jardim.

Enquanto Mouchard os perseguia, outros criados limpavam a bagunça.

– Sinto muito, minha querida – disse a condessa. – Espero que tenha conseguido comer um pouco de torta? Um pouco de bolo, talvez?

No entanto, Bela descobriu que havia perdido o apetite, pois, mais do que assustá-la, os insetos a haviam perturbado.

– Nunca vi besouros capazes de escrever. E a mensagem era tão estranha. Gostaria de entender seu significado – a jovem refletiu.

– Nada. É uma besteira – a condessa respondeu com firmeza. – Eles são de uma louca que mora nas proximidades. De vez em quando, essas criaturas horrorosas escapam.

– Uma louca? Aqui? – Bela ficou alarmada. – Ela faz parte da história?

– Temo que sim. Faz parte da história de todos, infelizmente.

– Ela é perigosa? – Bela perguntou cautelosamente.

– Muito. Ela está completamente perturbada. Seus cabelos são loiros e sua pele, escura. Em geral, está vestida de branco. Evite-a a todo custo – a condessa orientou a moça.

– Irei evitá-la – disse Bela, arrepiada.

Um servo se aproximou com uma nova bandeja de *macarons* e a condessa logo a tirou de suas mãos.

– Chega de assuntos desagradáveis. Aqui, querida, coma mais um doce.

– Obrigada, condessa, mas não posso – disse Bela. – Tenho que jantar. Na verdade, devo voltar.

Ali no terraço, longe da música e da dança, Bela se deu conta de que o tempo tinha passado. Madame Samovar havia dito que prepararia uma refeição para ela.

– Lamento que tenha de ir, Bela. Gostei de conhecê-la – disse a condessa.

– Também gostei de conhecê-la. Obrigada por este baile mágico. Obrigada por me permitir fazer parte de *Nunca Mais*, mesmo que tenha sido apenas por uma noite. – Bela agradeceu.

– Você pode voltar a *Nunca Mais* novamente, querida. É a sua história. Venha sempre que desejar – respondeu a condessa, abraçando Bela com força.

Quando foi se afastar de Bela, um de seus anéis se enroscou nos cabelos dela, puxando vários fios.

– Oh! Ai! – Bela estremeceu.

– Minha pobre menina. Sinto muito!

– Não foi nada – assegurou Bela. – Não se preocupe com isso.

– *Monsieur* Henri irá mostrar-lhe a saída – disse a condessa, quando o belo e jovem duque reapareceu.

Quando se afastaram, a condessa retirou os fios do cabelo de Bela de seu anel e os enrolou no dedo. Seus olhos brilharam e seu sorriso escureceu.

Henri escoltou Bela até as portas do castelo, desceram as escadas e seguiram pelo caminho de volta até onde o livro estava. Suas páginas ainda brilhavam. Tudo o que ela tinha de fazer era entrar nele para voltar ao castelo da Fera.

– Sinto muito que tenha que ir. Gostou da noite? – Henri quis saber.

– Muito – a moça respondeu.

– Então voltará?

Aquilo havia sido um convite ou um pedido? Ela não conseguiu decidir, e Henri não lhe deu tempo para isso.

– Você tem amigos aqui. Lembre-se disso – ele disse. – E eu sou um desses amigos.

– Obrigada. Obrigada por tudo.

Então, com um último adeus, saiu de *Nunca Mais*.

Ela passou pelas páginas cintilantes tão rapidamente que não viu o sorriso de Henri nem ouviu sua voz sussurrando:

– Estaremos esperando por você.

CAPÍTULO CATORZE

– Bela! – Uma voz gritou de dentro da biblioteca. – Bela, você está aqui?

Era Zip.

– Já vou! – ela respondeu.

Bela olhou para si mesma, aliviada por estar novamente usando seu vestido de camponesa com suas confortáveis botas marrons. Tinha saído de *Nunca Mais* há poucos segundos e, logo que se viu na sala anexa à biblioteca, o livro se fechou e encolheu, voltando ao tamanho normal.

– Bela!

Ela rapidamente pegou o livro do chão e o colocou de volta na mesa onde o havia encontrado. Foi rumo à porta, porém, antes de sair da sala, ouviu uma voz diferente.

Este é um livro especial. Muito especial. Contém muitas histórias. Mas esta história? Ah, Bela, esta estou escrevendo apenas para você.

Bela se virou. Parecia que a condessa estava logo atrás de si, era possível sentir sua fria respiração ao pronunciar aquelas palavras, entretanto, não havia ninguém ali.

Os olhos de Bela focaram *Nunca Mais* mais uma vez. Sem saber muito bem o motivo, ela voltou e pegou o livro. Então, abriu uma gaveta sob o tampo da mesa, colocou-o ali dentro e fechou a gaveta.

– Bela, onde você está?

– Estou aqui, Zip! – ela gritou, voltando para a biblioteca onde Zip a estava esperando.

– O jantar está pronto! Procurei você por toda parte!

Bela apontou para trás.

– Eu estava bem ali. Em um escritório. Encontrei...

– O quê, Bela? O que você encontrou? – a pequena xícara perguntou.

Um livro mágico, ela quase disse. Mas conseguiu se conter.

– Isto! – disse ela, puxando um pano cheio de pó para fora do bolso. – Vamos, Zip. Vamos lá para baixo.

Zip seguiu rapidamente à frente dela e, em um segundo, já estava fora da biblioteca e no andar de baixo.

Bela ficou para trás, sentindo-se mal por ter lhe contado uma mentira. Não era sua intenção. As palavras simplesmente saíram de sua boca antes que pudesse fazer alguma coisa.

Então, percebeu o motivo: não queria dividir o livro.

Siga virando as páginas de Nunca Mais, *se desejar, ou o feche. A escolha é sua,* Henri havia dito.

A última escolha que Bela fizera por conta própria havia sido trocar sua liberdade pela de seu pai. E tinha sido uma escolha difícil e irrevogável, razão pela qual era prisioneira no castelo da Fera. Antes desse fatídico dia, a vida em Villeneuve lhe tinha oferecido algumas poucas opções de escolha. Contudo, agora, com o aparecimento daquele livro encantado, cheio de pessoas fascinantes, a decisão de voltar ou não a entrar nele era dela. E só dela. E Bela gostaria que as coisas continuassem assim.

– Bela, vamos logo! – Zip gritava ao longe. – Cuisinier fez sopa de tomate e queijo-quente! Se demorar, vai esfriar! – ele gritou.

O estômago da jovem resmungou. Queijo-quente era seu sanduíche favorito, e já fazia horas desde sua última refeição. Foi então que ela descobriu que, além de estar com fome, estava dolorida e cansada. Havia sido um longo dia.

– Estou chegando! – ela disse.

Bela fechou as pesadas portas da biblioteca e desceu as escadas correndo, ansiando pelo calor da cozinha, pela companhia, pela conversa e pelo jantar.

Nunca Mais, por enquanto, era página virada. Estava na gaveta da mesa, no pequeno e empoeirado escritório da biblioteca. Na escuridão.

No entanto, se alguém por acaso resolvesse entrar lá e se aproximar da mesa, poderia sentir o cheiro das rosas.

E ouvir uma risada de mulher.

CAPÍTULO QUINZE

SOZINHO EM SEUS aposentos, muito depois de o jantar ter sido servido e retirado, a Fera estava em sua mesa, lembrando-se de cada momento que passara com Bela.

Visualizou sua imagem no café da manhã, os olhos brilhantes e atentos, ansiosos para continuar com as atividades do dia. E, mais tarde, na biblioteca, desgrenhada, com o cabelo caindo do coque, tentando não rir de suas trapalhadas. Ele se lembrou de ela recitando "A rainha das fadas" com ele, de sua linda voz, tão linda que o havia feito se sentir um bom e nobre príncipe em vez de uma fera vivendo em um castelo amaldiçoado.

Todas essas cenas foram tão adoráveis que ele se sentia agraciado por tê-las vivenciado, tanto que o simples fato de se lembrar delas já colocava um sorriso em seus lábios. Esforçou-se para simplesmente saborear tais lembranças, mas logo um sombrio pesar tomou conta de seu estado de espírito, como um céu tempestuoso.

O breve momento de felicidade se findou quando ele olhou em volta e viu um cômodo muito sinistro. Não podia evitar a sensação de que todas as peças quebradas em seu mundo eram única e exclusivamente sua culpa.

Seu egoísmo e arrogância haviam causado tudo aquilo. Enquanto olhava para a rosa, que murchava sobre sua grande mesa, a alegria que sentia há alguns momentos simplesmente desapareceu. Em seu lugar, a Fera passou a sentir uma profunda e familiar angústia.

Ouviu uma batida na porta. Era Lumière. A Fera pediu para que ele entrasse.

– Há mais alguma coisa que o senhor precise esta noite antes de se deitar, mestre?

– Eu... Eu pensei que poderíamos patinar no gelo amanhã.

Lumière ergueu as sobrancelhas.

– Patinar, mestre? O senhor? O senhor nunca patinou na vida!

– Bela mencionou que já patinou antes, quando vivia em sua vila. Achei que talvez ela fosse gostar de patinar aqui também. Não pode ser tão difícil assim!

– O senhor não tem ideia! – disse Lumière. – No entanto, providenciarei tudo para a patinação de amanhã. Algo mais?

– Não – disse a Fera. E completou, hesitante: – Obrigado, Lumière. Obrigado por perguntar.

– Claro – respondeu Lumière, curvando-se. – Boa noite, mestre.

Ele saiu do quarto e, quando estava quase fechando a porta, a Fera o chamou.

– Lumière... espere!

– Pois não, mestre? – ele disse, abrindo a porta novamente.

– Na verdade, há outra coisa... – a Fera começou sem jeito.

– Uma xícara de leite morno, talvez?

– Bela é feliz? Ela está confortável? A biblioteca... ela está gostando da biblioteca? – perguntou a Fera, com aflição na voz.

– Gostando? – Lumière riu. – Se pudesse, ela passaria a dormir ali.

– Você viu como ela sorria quando tentei limpar uma janela hoje? Ela riu quando o balde estava na minha cabeça. – A Fera balançou a cabeça, ainda mortificado pela lembrança, mas um pequeno sorriso restava no canto de seus lábios. – Vocês se tornaram amigos. Ela gosta da companhia de vocês.

– Foi o senhor que a encantou hoje, mestre – destacou Lumière.

A Fera desviou o olhar.

– Como desejei ouvir aquelas palavras. Achava que nunca aconteceria. – Seus olhos procuraram os de Lumière. – Acha que um dia ela será minha amiga? Que um dia se aproximará de mim?

Lumière pensou antes de responder.

– Bem, o senhor foi muito engraçado hoje – ele disse, ressaltando que qualquer um, gostasse da Fera ou não, teria rido do pandemônio causado por ele na biblioteca.

– O que é o mesmo que dizer, com muita delicadeza, que ela nunca será minha amiga – Fera refletiu, com o coração apertado.

– Essas coisas demoram um tempo, mestre.

– Algo que temos muito pouco. – Suspirou a Fera, olhando para a rosa, que, sob a luz das velas, parecia ainda mais frágil.

– Muito pouco – repetiu Lumière.

O criado se esforçou para apresentar um sorriso encorajador, mas seus esforços não conseguiram encobrir o preço que o encantamento também cobrava dele: logo depois do feitiço, a forma humana de Lumière reluzia através de seu corpo de castiçal, principalmente em momentos como aquele. Mas sua humanidade era cada vez mais sutil, seus movimentos estavam ficando rígidos, suas chamas escureciam.

A Fera raramente admitia, mas a verdade era que ele se importava muito com Lumière e seus demais criados. Estava observando todos eles se transformando em objetos inanimados, o que não deixava de ser uma prisão, assim como acontecia com Bela. E tudo era sua culpa.

Ele era o único responsável pelo feitiço que caiu sobre si, sobre seus criados e sobre seu castelo. E, da mesma forma, era o único que poderia desfazê-lo – se conseguisse.

Com profundo remorso, a Fera lembrou-se da pobre mulher que tinha vindo ao seu castelo na noite do baile, lembrou-se de como ela havia pedido sua ajuda em troca de uma rosa. Lembrou-se de como havia rido dela.

Seus olhos seguiam fixos na rosa, protegida pela redoma de vidro. A mesma rosa entregue pela Feiticeira, que havia declarado que a maldição apenas poderia ser quebrada se ele amasse e fosse amado antes que a última pétala caísse. Se não conseguisse amar e ser amado, permaneceria sob a forma de fera para sempre, e aqueles que ele condenou a sofrer junto de si morreriam.

Embora muitas das pétalas da rosa já tivessem caído, ainda restavam algumas.

– O senhor acha que Bela descobrirá como a maldição pode ser quebrada? – perguntou Lumière, seguindo o olhar da Fera.

– Ela ainda não adivinhou a verdade, e não podemos contar a ela. A Feiticeira nos proibiu de fazer isso.

– Eu queria poder contar-lhe tudo – disse Lumière com um suspiro. – Com certeza tornaria tudo muito mais fácil.

A Fera tocou suavemente o vidro que protegia a rosa.

– Mesmo se pudéssemos, faria alguma diferença? – indagou, com sua voz pesada de tristeza. – Olhe para mim, Lumière. Bela nunca poderia me amar. Só poderia ter pena de mim.

– Isso não é verdade. Amor, amor de verdade, é algo que se sente com o coração, mestre. Não com os olhos. – O criado assegurou.

– Como sabe disso? – A Fera questionou um pouco cético.

– Porque estou apaixonado por um espanador – disse Lumière. – É assim que sei disso.

– Não entendo.

– Sei que não entende. Mas espero que um dia possa entender. O senhor merece. Todo mundo merece isso.

A Fera olhou Lumière ainda mais confuso.

– Todos merecem se apaixonar por um espanador?

Lumière riu.

– Mostre a Bela quem o senhor é, mestre. Mostre a ela quem o senhor é de verdade. Mostre a ela o seu coração.

E, então, despediu-se desejando boa-noite ao seu mestre.

Sozinho novamente, a Fera voltou para sua mesa, lutando com a avalanche de emoções que aquela conversa havia desencadeado.

Ele sofreria todas as consequências da maldição da Feiticeira sozinho se pudesse ficar no lugar de Lumière e dos outros criados. No entanto, se libertasse Bela, acabaria com a única chance de voltar a ser humano.

Há muito tempo, nos primeiros dias do seu encantamento, a Fera se sentia triste por tudo o que tinha perdido. Agora, se entristecia pelos outros. Seus criados não eram responsáveis por sua arrogância e crueldade e, ainda assim, estavam pagando por suas ações. E Zip, o pequeno Zip, ele era apenas um menino. Sua vida acabaria antes mesmo de começar.

A Fera gemeu. Observou a rosa mais uma vez, com sua beleza frágil e tênue que ainda brilhava em meio àquela escuridão. Aproximou-se, procurando por algo radiante. Um pouco de consolo, talvez. De perdão. De esperança.

Outra pétala caiu.

CAPÍTULO DEZESSEIS

– OH! – BELA ARFOU, agarrando o braço da Fera quando um pássaro surgiu do meio de um arbusto cheio de neve, bem à frente deles.

– É apenas uma codorna – disse a Fera, sorrindo.

Ele deu um tapinha na mão dela, que rapidamente a retirou, um pouco envergonhada por ter ficado tão assustada com um simples pássaro.

– Não há nada por aqui que você deva temer – a Fera continuou. – Pelo menos durante o dia, quando os lobos ficam tranquilos lá na floresta.

Bela lembrou-se da Fera lutando contra uma alcateia de lobos, e não pôde evitar imaginar que estaria segura com ele ao seu lado em qualquer lugar ou a qualquer hora do dia ou da noite.

O passeio havia sido ideia da Fera. Ele desceu as escadas, depois do café da manhã, e anunciou que precisava se exercitar. Então, perguntou a Bela se gostaria de acompanhá-lo em uma caminhada até a lagoa. Bela logo aceitou o convite.

– Não há muito além daqui para irmos – disse a Fera, depois de terem escalado um muro de pedras.

Bela ficou parada no topo do muro por alguns segundos, observando a paisagem à sua volta. Era de tirar o fôlego: uma sombria, porém belíssima, paisagem de inverno. E, apesar dos campos estéreis, dos carvalhos sem folhas e da grama sufocada pela neve, tudo estava cheio de vida. Naquela manhã, ela tinha visto alguns falcões, além das codornas. Também havia, ao longe, uma raposa vermelha perseguindo uma lebre no campo e um alce com seus chifres brilhantes cutucando um pequeno lago congelado.

– Você parece perdida em seus pensamentos – disse a Fera, tirando Bela de seu devaneio. – Deve ter encontrado um bom livro na biblioteca.

Essas palavras assustaram-na. Ela sabia que não poderia estar falando de *Nunca Mais*... Ou poderia?

– Eu... Eu encontrei, sim. – Ela sorriu, rapidamente se recuperando. – Na verdade, encontrei várias centenas de bons livros ali.

A Fera riu, e Bela percebeu que não haveria como ele saber a respeito do livro mágico ou da Condessa de *Terres des Morts*. Ela havia tomado o cuidado de deixá-lo escondido. Era curioso como Bela se tornara possessiva em relação a *Nunca Mais*.

– Vai ficar aí o dia todo? – perguntou a Fera.

– Muito possivelmente. A vista é adorável daqui – a moça respondeu.

– Humm. É uma pena. Vai perder a chance de ver a lagoa, que é, provavelmente, ainda mais adorável.

Bela estava prestes a descer do muro quando sentiu um cheiro estranho.

– Está sentindo cheiro de fumaça?

– Acho que sim.

Não pode estar vindo das lareiras do castelo, Bela ponderou. *Estamos muito longe.*

Ela cheirou o ar novamente.

– E de chocolate?

– Ah, então é isso! – exclamou a Fera, com os olhos brilhando de malícia.

Bela observou com desconfiança.

– O que está acontecendo?

A Fera sorriu.

– Desça que eu vou te mostrar! – disse ele, estendendo a pata para ajudá-la.

Bela aceitou a ajuda e desceu do muro.

Assim que ela estava no chão, a Fera soltou sua mão e saiu correndo.

– Devagar! Não consigo correr tão rápido quanto você! – a moça gritou.

– Melhor assim! – a Fera gritou, olhando por sobre os ombros. – Vai sobrar mais chocolate para mim!

– Oh, como você é trapaceiro! – exclamou Bela, correndo atrás dele com seu manto azul esvoaçando com seus passos.

– Tudo bem, vou mais devagar – disse a Fera.

Ele se virou e começou a correr de costas. Mas, ainda assim, Bela não conseguia alcançá-lo. Ele fez uma careta para ela, virando os olhos e colocando a língua para fora.

Bela parou na mesma hora para rir, sem acreditar naquela situação.

Fera, distraído com toda aquela palhaçada, não viu o galho de árvore caído bem atrás dele, meio enterrado na neve.

Tropeçou e saiu voando até cair no chão com um forte estrondo.

A jovem começou a rir sem parar. Riu tanto que lágrimas começaram a escorrer dos seus olhos.

Ele ficará com raiva novamente?, ela se perguntou. *Ou será que terá aprendido a rir de si mesmo?*

Bela logo teve sua resposta: a Fera se sentou, sacudiu a neve da cabeça e disse, rindo:

– Era exatamente isso que eu queria fazer.

– Claro que sim – disse Bela, que passou por ele correndo.

Logo, ela avistou o lago congelado ao longe através de uma fileira de árvores.

– Estou deixando você ganhar, sabe disso, certo? – a Fera a provocou.

– Claro! – a moça retrucou.

Ela continuou correndo pelo campo, passando pelas árvores, seus galhos nus ramificados, formando uma rede negra contra o céu cinza. O terreno se elevava à medida que se aproximava da água e, depois, abaixava novamente.

Quando Bela chegou ao cume da colina, percebeu o delicioso perfume que o ar trazia.

Um sorriso iluminou seu rosto.

Com um grito de alegria, aumentou a velocidade na descida da colina.

CAPÍTULO DEZESSETE

NA MARGEM DO lago congelado, crepitava o fogo de um grande braseiro com uma panela de ferro.

Ao lado do braseiro estavam duas cadeiras com almofadas e grossas mantas de lã. O lago estava coberto de neve. Três figuras familiares cuidavam de arrumar uma pequena mesa dobrável com uma panela fumegante de chocolate quente, xícaras, pires e um prato cheio de apetitosos doces. Uma cesta descansava no chão, perto da mesa.

– Lumière! Horloge! Chapeau! – Bela os chamou.

Chapeau acenou para ela e Lumière sorriu.

Horloge reclamou:

– O frio está danificando minhas engrenagens. Já estou com cinco minutos de atraso!

– O que vocês estão fazendo aqui fora? – Bela perguntou.

– Venha aqui ver! – disse Lumière, apontando para o cesto no chão.

Bela correu até seus amigos e viu que, dentro do cesto, havia dois pares de patins para patinação no gelo.

– Você disse que gostava de patinar – disse a Fera, que vinha logo atrás.

– Eu gosto! Oh, obrigada! – disse Bela.

Ela ficou tão emocionada com essa inesperada surpresa que o abraçou. Lentamente, sem saber bem como agir, como se tivesse medo de machucá-la, a Fera a abraçou também.

Ao soltar-se do abraço, Bela pegou o menor par de patins e sentou-se em uma das cadeiras. Os patins eram feitos de madeira com tiras de couro e tinham afiadas lâminas de aço que se curvavam sob a base dos pés. Ela os colocou sobre suas botas e se levantou.

– O gelo é tão liso quanto o vidro. É uma superfície perfeita para a patinação – afirmou Lumière.

– Isto me lembra... – disse Horloge, acendendo o fogo. – Já contei sobre o tempo em que o general Montgomery e eu trouxemos nossa cavalaria pelo congelado estado de Saint Lawrence na Batalha de Quebec?

Bela, sorrindo, revirou os olhos diante do começo de mais uma das histórias de Horloge e aproveitou a oportunidade para ir até o outro lado da lagoa.

A Fera, lentamente, foi caminhando para o lago congelado. Assim que chegou sobre a superfície lisa do gelo, parou – ou tentou. Seus pés deslizaram rapidamente para a frente e para cima, e ele caiu de costas no chão. Levantou-se, mas logo caiu novamente. E, então, mais uma vez.

– Talvez devesse aceitar minha ajuda! – Bela disse, do outro lado da lagoa, onde deslizava graciosamente sobre o gelo.

– Mestre, talvez devêssemos amarrar um travesseiro em seu traseiro! – Horloge gritou da margem.

A Fera se virou e o encarou.

Bela chegou rapidamente e pegou suas patas, dando-lhe o apoio de suas delicadas mãos. Patinando lentamente para trás, ela o guiava para a frente. Ela pôde perceber que seu toque o havia acalmado, e o desejo da Fera de se aproximar dela o impulsionava.

Logo, ambos estavam deslizando lado a lado, seguindo de mãos dadas mesmo muito depois de ele não precisar mais de apoio para não cair. Eles patinaram, deram voltas e mais voltas, conversaram e riram, as bochechas de Bela coraram, seus olhos brilhavam. A Fera esqueceu o medo inicial do gelo; seus passos foram ficando mais suaves e confiantes. A cada passada, ele deslizava mais longe.

Já sem ar, os dois pararam para apreciar o delicioso chocolate quente com docinhos. Depois, patinaram um pouco mais. Os minutos se tornaram horas, e as horas logo trouxeram o entardecer.

– Não devemos ficar aqui mais tempo – disse a Fera enquanto o sol brilhava seus últimos raios dourados sobre as árvores. – Precisamos estar de volta ao castelo, sãos e salvos, antes do anoitecer.

Relutantes, ambos se dirigiram de volta ao castelo, acompanhados pelos criados.

– Não terminei de contar minha história – declarou Horloge no caminho. – Sobre Montgomery e Quebec. Posso contar agora?

A Fera disparou-lhe um olhar horrível. Bela mordeu o lábio. Chapeau fez uma careta.

– Vá em frente – disse Lumière distraidamente. – Isso fará com que o tempo se arraste.

Horloge, confuso, olhou o amigo.

– Acredito que queira dizer que fará o tempo passar mais rápido.

– É? Bem, sim, foi o que eu quis dizer. Isso mesmo! – Lumière apressadamente se corrigiu.

Quando finalmente chegaram ao castelo, Madame Samovar os estava esperando na porta. Ela os conduziu para dentro, onde Chapeau, ansioso, pegou o manto de Bela antes de ela ter tido tempo de terminar de tirá-lo.

Ela precisou se virar para poder soltar o braço, ainda preso no casaco, e perdeu o equilíbrio. A Fera estendeu o braço para apoiá-la e os dois riram, com seus olhares se cruzando.

– Obrigada. Foi um dia realmente maravilhoso – ela agradeceu.

– Venha, meu bem – interrompeu Madame Samovar, puxando Bela na direção das escadas. – Você ficou no frio por horas! Precisa de um banho quente para esquentar o corpo.

Enquanto se dirigiam para seu quarto, Bela, falando aceleradamente sobre o dia maravilhoso, lançou um olhar por cima do ombro e viu a Fera, ainda de pé no hall de entrada, parecendo uma estátua, com um sorriso melancólico no rosto.

CAPÍTULO DEZOITO

– CONTE UMA HISTÓRIA para mim, Bela!

– Zip, você já deveria estar dormindo – Bela o repreendeu, guardando a pequena xícara de chá na estante de porcelanas.

Estava ficando tarde, e Madame Samovar ainda tinha muitas tarefas a finalizar, por isso havia pedido para Bela colocar o pequeno Zip para dormir.

– *Por favor*, Bela, conte uma história para mim!

A jovem cedeu, pois era impossível dizer não para aquela carinha tão doce.

– Está bem. Que tipo de história você quer que eu conte?

– Nada de contos de fadas. Quero algo diferente – disse Zip. – Quero uma história de verdade. Conte para mim sobre a sua vila. Como é lá?

Bela inclinou a cabeça.

– Villeneuve? Lá é um lugar pequeno. Tem uma praça, um mercado e uma fonte, assim como todas as outras vilas. Tem também uma igreja com uma pequena coleção de livros. É um lugar tranquilo e muito bonito – ela disse, surpresa ao perceber que estava falando tão bem de Villeneuve e, inclusive, sentindo um pouco de saudade. Afinal, quando morava lá, tudo o que queria era ir embora. – Todo mundo se conhece, e isso às vezes é bom... Outras vezes não é tão bom assim – acrescentou com uma risada.

– Que tipo de pessoas vivem lá? – perguntou Zip.

– Bem, tem o Padre Robert, um homem culto que é o pároco e o bibliotecário. E, claro, tem o meu pai. O nome dele é Maurice. Ele faz as caixas de música mais bonitas do mundo. É inteligente e tem uma alma verdadeiramente de artista... – Bela sorriu. – E ele é gentil. Tão gentil.

O coração de Bela se apertou, como sempre acontecia quando falava sobre seu pai, ou mesmo quando pensava nele. Lágrimas brotaram em seus olhos. Ela teve que desviar o olhar por um segundo para se recompor.

Zip notou sua tristeza.

– Deve sentir falta dele.

– Muita – Bela assentiu.

– Sinto muito, Bela.

– Eu também, Zip. – Determinada a não chorar, mudou de assunto. – Há também um vendedor de flores que sempre tem as flores mais bonitas que você pode imaginar. Uma pescadora com uma língua afiada... Um padeiro. Um verdureiro. E... – Bela fez uma careta. – *Gaston.*

Zip riu.

– Quem é esse?

– Tudo o que as mulheres querem.

– Mesmo?

– Bem, ele certamente pensa assim.

– Não parece que você sente muita falta dele.

– Nem um pouco – respondeu Bela. – Mas há outra pessoa de quem sinto falta... Agata.

– Quem é ela?

– A pessoa mais corajosa que conheço.

– O que ela fez? – perguntou Zip com os olhos arregalados. – Enfrentou ladrões? Piratas?

– Vou te contar, mas, depois, apagaremos as luzes. Combinado?

– Combinado! – disse Zip.

– Nós tínhamos um vizinho em Villeneuve, seu nome era Rémi – Bela começou. – Quando eu era pequena, seu filho morreu depois de uma febre terrível. Rémi ficou louco de tristeza. Seu cabelo ficou enorme, ele emagreceu, parou de se cuidar, ficou sujo. A dor tornou seus olhos escuros e selvagens.

– Ele parece assustador – disse a xícara, com um arrepio.

– E era mesmo. Ele mantinha todos longe, grunhia se um amigo ou vizinho chegasse muito perto. Sua esposa o deixou e seus pais não conseguiam mais se aproximar dele. Um a um, os camponeses viraram as costas para ele. Apenas Agata se recusou a desistir.

– Quem era ela?

– Uma mulher pobre que todos em Villeneuve conheciam. Um dia, todos estavam na praça, era dia de mercado, e todos falavam sobre Rémi. A maioria não dizia coisas agradáveis, e Agata ficou farta daqueles comentários. Ela raramente falava com alguém na cidade, mas, nesse dia, ela falou.

– "Rémi sempre foi gentil comigo", ela disse. "Ele me deu comida. Ofereceu abrigo. Eu falarei com ele." Todos imploraram para que ela não fosse – explicou Bela.

– "Ele é muito imprevisível!", disse o prefeito. "É um animal selvagem", disse o padeiro. "Vai te machucar, sua tola", disse Gaston, que concluiu: "Vamos atirar nele e terminar logo com isso".

– E sabe o que ela disse?

– O quê? – perguntou Zip.

– "O amor não é para os covardes."

Zip assentiu, digerindo aquela frase.

– Agata implorou por um pouco de queijo e um pão a um comerciante, e foi até a casa de Rémi. Eu a segui até o portão da casa dele e a observei enquanto ela caminhava pelo quintal. Quando a viu, ele se aproximou dela com uma forquilha, gritando para que saísse de sua casa. Senti tanto medo por ela.

– E o que você fez? – perguntou Zip.

– Implorei para que ela voltasse, mas Agata não me deu atenção. Foi até Rémi e disse: "Seu filho foi gentil e bom. É assim que você honra sua memória?".

– Rémi ficou imóvel. Jogou a forquilha no chão. "Meu filho!", ele disse, chorando. "Meu filho... Meu garotinho! A morte o tirou de mim!" Suas pernas cederam e ele caiu de joelhos no chão, impotente em seu desespero. Agata sentou-se ao lado dele e lhe deu o pão e o queijo que levara. "Ouça-me, Rémi", ela disse. "A morte ganha apenas se você deixar." Rémi balançou a cabeça. Lágrimas corriam por seu rosto. "Como posso vencer a morte, Agata?", ele lhe perguntou. "Não posso dar vida. Eu não sou Deus." Agata riu. "Você acha que é a vida que vence a morte? Pois não é. É o *amor*. A vida é frágil. A vida acaba. Mas o amor? O amor vive para sempre", ela disse. Rémi, então, começou a chorar como uma criança. A partir desse dia, pouco a pouco, ele voltou para o convívio de todos. O amor o trouxe de volta.

Zip ficou em silêncio por um momento. E, então, disse:

– Você está certa, Bela. Agata é muito corajosa.

– Muito – a moça concordou, inclinando-se para o armário e dando um beijo na pequena xícara. – Agora, hora de dormir. Boa noite, Zip.

Ela começou a fechar a porta do armário, mas, quando estava quase fechando, Zip a chamou novamente.

– Bela?

– Vá dormir, Zip – Bela respondeu.

– Ele é como Rémi.

– Quem?

– O mestre. Ele é do jeito que é porque também sente muita dor.

Bela parou, impressionada com a percepção daquela criança.

– Quer saber de uma coisa, Zip? – ela perguntou.

Ele assentiu.

– Você iria gostar de Agata. Muito. E ela, de você.

Zip sorriu e fechou os olhos. Bela fechou a porta do armário. Deu boa-noite a Madame Samovar, acendeu uma vela e saiu da cozinha. Estava cansada depois de ter patinado o dia todo e pronta para ir para a cama.

A jovem caminhou pelo corredor principal até as escadas. O castelo sempre parecia mais escuro e mais triste para ela a essa hora da noite. Sabia que corredores menores saíam do principal e havia explorado alguns recintos aos quais esses outros corredores levavam. Em um deles, havia uma mesa sobre a qual se encontravam convites selados e endereçados, mas nunca enviados. Em outro, prata fina e porcelana estavam guardadas em armários para serem usadas em festas que nunca aconteceram. Descobriu os vestidos mais bonitos guardados em baús. Um cavalo de balanço com uma pequena sela de couro. Um pequeno conjunto de arco e flechas.

O castelo tinha um ar de abandono, de ruínas. Naquela noite, porém, essa tristeza parecia mais pesada do que nunca.

Este lugar precisava de uma Agata, Bela pensou.

Lembrou-se da maneira como Rémi olhou para Agata quando ela se aproximou dele. Lembrou-se de seus olhos, tão cheios de dor. Havia visto a mesma dor nos olhos da Fera. Ele era melhor em esconder sua dor do que Rémi, mas, em alguns momentos, ela transparecia.

Bela se perguntou se algum dia ele falaria sobre isso. O desejo de saber mais sobre ele e de descobrir por que ela estava ali era forte, mas estremeceu ao se lembrar do que havia acontecido na última vez que tentara descobrir tais informações. Lembrou-se da Fera gritando, furioso, na ala oeste, do passeio selvagem pelos bosques, dos lobos.

Ela e a Fera haviam passado mais tempo juntos desde aquela noite terrível. Ele havia lhe dado sua incrível biblioteca de presente. Eles haviam patinado e estavam se conhecendo um pouco mais. Talvez também estivessem aprendendo a confiar um no outro.

Mas haveria confiança suficiente para ele falar sobre seu doloroso passado?

Será que ela já tinha tido essa chance? Bela não sabia.

Ela chegou até a escada que levava aos andares superiores do castelo e ao seu quarto e, durante a subida, se perguntou se conseguiria ser tão corajosa quanto Agata.

CAPÍTULO DEZENOVE

Bela deu vários socos no travesseiro.

Ela esfregou, amassou e modelou o pobre travesseiro até, finalmente, deitar-se novamente.

Mas não adiantava, pois não conseguia mais dormir.

Suspirando, virou de lado. Assim, naquela posição, ela podia ver as janelas na parede mais distante de seu quarto e a lua, tão solitária e distante, brilhando no céu noturno. Questionou se a lua se sentia tão solitária quanto ela.

Bela sabia o que lhe causara tamanha sensação de solidão: contar a Zip sobre Villeneuve. Agata. Padre Robert. E, acima de tudo, sobre seu amado pai, Maurice.

Costumava se esforçar ao máximo para não pensar nele. Também era doloroso. No entanto, naquela noite, não importava quanto tentasse afastar as lembranças de seu pai e da vida feliz que viviam juntos, elas inundavam seu coração.

Bela apreciava todas aquelas lembranças porque, nelas, ela e seu pai estavam juntos outra vez. Mas elas também a torturavam, afinal, faziam-na se lembrar de algo que ela não conseguia aceitar: que nunca mais o veria novamente.

Bela tinha feito um acordo, uma barganha terrível, e agora precisava cumprir sua parte nesse acordo.

E tudo porque seu pai havia escolhido uma rosa do jardim da Fera.

Para ela.

– Por que não pedi uma margarida? Um girassol? Um cravo? – sussurrou, cheia de arrependimento. – Se eu tivesse pedido outra flor, não estaria aqui.

Bela se lembrou muito claramente daquele dia. Seu pai havia ido a um mercado em uma cidade vizinha para vender algumas das belas caixas de música que ele fabricava. Elas eram feitas para se parecer com castelos, catedrais e palácios; cada caixa de música era única e envolvia horas de trabalho árduo. Ela lembrou o cuidado que ele havia tido pra pintar de dourado uma miniatura de Versalhes com um pincel e uma lupa. Lembrou-se do pai moldando os vitrais de uma pequena Notre Dame com um cortador com ponta de diamante.

"O que gostaria que eu lhe trouxesse de presente?", ele perguntou a Bela antes de partir, com a carroça já atrelada a Philippe.

"Apenas uma rosa, papai", ela respondeu, ciente de que não tinham dinheiro para gastar em presentes.

Bela estava estendendo a roupa quando Philippe voltou para casa sem a carroça. E sem seu pai.

"Leve-me até ele", disse ao cavalo, aterrorizada pela possibilidade de seu pai ter sofrido um acidente ou ter sido atacado por ladrões.

Philippe a levou pela floresta até um castelo antigo, no fundo de uma mata escura. Ela desceu do cavalo bem na frente da entrada e chamou pelo dono da propriedade, mas ninguém respondeu. Corajosamente, entrou no castelo à procura de seu pai. E finalmente o encontrou, preso em uma torre.

"Papai!", ela gritou quando o viu, colocando a mão por entre as barras de sua cela.

"Bela? É você mesmo?", ele disse, apertando a mão da filha. "Como me achou? Bela, deve sair daqui imediatamente. Este castelo está vivo! Vá embora logo, antes que ele a encontre!"

Naquele momento, a Fera apareceu, gritando, furioso, diante de Bela. No início, ela sentiu medo, mas logo se recompôs e foi até ele, exigindo que libertasse seu pai. Quando a Fera se recusou a soltá-lo, ela se ofereceu para ficar em seu lugar. Maurice estava muito doente, e Bela havia lhe prometido que daria um jeito para que ele pudesse ir embora dali, pois sabia que não podia deixá-lo preso naquela torre.

A Fera concedeu o pedido a Bela, e Maurice foi libertado. Essa foi a última vez que viu seu pai. Pensava nele cem vezes por dia. Preocupava-se com ele cem vezes por dia. Sentia sua falta. Eles sempre tiveram um ao outro, mas agora ele estava sozinho. Quem cuidaria dele? Quem faria seu café da manhã exatamente como ele gostava? Quem faria com que ele usasse seu suéter de lã quando começasse a esfriar?

As lágrimas surgiram novamente, exatamente como havia acontecido quando ela contava a Zip sua história de ninar.

Desesperada por distrair-se, se sentou na cama e se descobriu. Calçou um par de chinelos quentinhos, vestiu um robe de lã e caminhou até as janelas.

Formas semicongeladas decoravam os vidros. Havia começado a nevar depois que ela e a Fera voltaram da patinação, e uma espessa camada branca brilhava à luz da lua. Enquanto olhava para a noite invernal, o enorme relógio de pêndulo, que ficava no andar de baixo, começou a badalar. Suas batidas, profundas e dolorosas, ecoavam por todo o castelo.

– Meia-noite – Bela disse quando terminaram as batidas. – Tenho que dormir um pouco.

Olhou para a cama, porém, sem muita esperança, sabendo muito bem que ficaria apenas rolando de um lado para outro.

Em sua casa, quando não conseguia dormir, seu pai sempre fazia uma bebida quente e a deixava ler à luz de velas até o sono vencê-la.

Uma xícara de leite quente é exatamente do que preciso, pensou ela. *Isso e um bom livro.*

Bela acendeu a vela em seu criado-mudo, aproximando o pavio das brasas incandescentes em sua lareira. Depois, saiu do quarto, tendo o cuidado de caminhar suavemente para não acordar ninguém.

As brasas ainda brilhavam no coração da cozinha. O calor que produziam era acolhedor. Uma panela de ferro fundido com a aveia que comeriam pela manhã descansava sobre as brasas, lentamente cozinhando o cereal durante a noite. Uma grande tigela de massa de pão, coberta com um pano, havia sido colocada na mesa de madeira para a massa crescer. Cestas de frutas, com maçãs e peras estavam também sobre a mesa, prontas para serem utilizadas na produção de tortas e compotas.

Bela adorava o aconchego da cozinha. Era seu lugar favorito no castelo, depois da biblioteca. Cuisinier dormia profundamente e ela não queria acordá-lo, então, aqueceu o leite em uma pequena panela sobre as brasas e, cuidando para não incomodar Zip e Madame Samovar, pegou uma caneca, serviu-se de leite quente e adicionou uma colherada de mel. Depois de lavar a panela e guardá-la, seguiu para a biblioteca, a caneca em uma mão e a vela na outra.

Estava frio e escuro lá, mas havia madeira na lareira. Bela usou a vela para acendê-la e, em poucos minutos, o ardente fogo começou a aquecer o ambiente. Duas cadeiras confortáveis estavam de frente uma para a outra e havia uma mesa baixa entre elas. Aquele era um recanto de leitura muito convidativo.

– Tudo do que preciso agora é de um livro – disse Bela.

Ela desejou poder visitar *Nunca Mais*, mas não sabia ao certo se o tempo do livro era o mesmo do tempo real. E não seria muito elegante bater na porta da condessa no meio da noite.

Pegando sua vela mais uma vez, abriu caminho por uma fileira de estantes e quase tropeçou em um livro aberto no chão. Ela se curvou para ver que livro era. *Terríveis Piratas de Alto-mar*, ela pôde ler na capa. *Contos de Outrora*, de Perrault, e uma edição de *Fábulas de Esopo* estavam ao seu lado.

– Zip – afirmou balançando a cabeça.

Como a maioria das crianças, ele era bom em tirar as coisas do lugar, mas não tão bom em guardá-las.

Bela colocou o livro de pirata e de contos de Perrault de volta à prateleira. Ela estava prestes a guardar também o livro de fábulas quando fez uma pausa, cativada por sua linda capa, que tinha a imagem de um leão com a pata ensanguentada e um homem que acariciava a criatura em sofrimento.

– Androcles – ela murmurou.

A história do escravo fugitivo e do leão que ele ajudara era uma de suas fábulas favoritas. Era uma das fábulas que seu pai costumava ler para ela.

Seus olhos focaram na imagem, na expressão corajosa de Androcles e na expressão de agonia do leão. Nesse momento, as palavras de Zip voltaram à sua mente. *Ele é do jeito que é porque também sente muita dor.*

– Assim como o leão – sussurrou Bela. – Zip, você é um gênio.

Bela se levantou, empolgada. Acabara de encontrar uma maneira de fazer a Fera conversar com ela, talvez até responder a suas perguntas.

Às vezes, as palavras não são suficientes, isso porque elas são racionais. Mas uma história, uma em que as palavras estivessem amarradas tão lindamente como pérolas em um colar... Isso tocaria seu coração. E, se Bela pudesse tocar o coração da Fera, talvez pudesse fazê-lo se abrir com ela.

A jovem levou o livro até perto da lareira com a intenção de relê-lo. Ela já tinha um plano. Encontraria com a Fera na manhã seguinte, o que lhe daria tempo suficiente para resolver sua ansiedade, e perguntaria se ele já conhecia a história de Androcles.

Entretanto, ao se aproximar da lareira, viu que não precisaria esperar até a manhã seguinte para colocar seu plano em ação: a Fera estava de pé na porta da biblioteca, vestindo seu roupão e segurando um castiçal, com uma expressão preocupada.

CAPÍTULO VINTE

– É *VOCÊ*, BELA! Eu deveria ter imaginado – disse a Fera, sua expressão de preocupação transformando-se em alívio.

– Qual é o problema? – a moça indagou.

– Nada, agora está tudo bem. Senti o cheiro da fumaça e vim conferir se estava tudo em ordem.

– Não consegui dormir, então decidi tomar uma xícara de leite quente e ler um pouco. – Bela gesticulou para o fogo crepitante. – Gostaria de se juntar a mim?

A Fera assentiu e ambos se sentaram diante da lareira.

– Estou surpreso por você estar acordada. Achei que fosse estar no décimo sono, roncando como um marinheiro...

– Que bela imagem, obrigada.

– Você patinou muito hoje. Afinal, por que não conseguiu dormir?

– Algo me despertou. Uma coruja, eu acho – ela mentiu. Não queria dizer-lhe a verdade. Não queria dizer que se sentia só e que tinha saudade de seu pai.

Mas a Fera percebeu a mentira.

– Bela, eu sei que não é assim que gostaria de estar vivendo – ele disse, olhando para as patas. – Há algo mais que possamos fazer por você?

Bela pousou a caneca sobre a mesa e, embora sentisse um forte frio na barriga, tomou coragem e respondeu:

– Sim, há uma coisa. Minha vida mudou para sempre. E tudo por causa de uma simples rosa. Quero que me explique o porquê disso tudo.

A Fera se recostou na cadeira. Seus olhos focaram o fogo.

– Rosas têm espinhos e espinhos deixam feridas.

Ele falou as palavras com tanta tranquilidade que Bela achou que ele esperava que ela não as tivesse ouvido. Mas ela tinha ouvido, assim como sentido a tristeza profunda que elas carregavam. Aquilo a pegou completamente desprevenida, uma vez que estava preparada para ouvi-lo rugir e rosnar, não para enfrentar a tristeza e palavras ditas em voz baixa.

– É possível curar as feridas tirando os espinhos que causaram a dor – ela disse.

– Em alguns casos, talvez – respondeu a Fera.

É agora ou nunca, pensou a moça, e foi adiante.

– Já ouviu o conto de Androcles e o Leão? – ela perguntou, segurando a cópia das *Fábulas de Esopo.*

A Fera sacudiu a cabeça, seu olhar claramente incomodado.

– Bela, não – disse ele.

Mas Bela não o escutou. Levantou-se da cadeira e se ajoelhou no chão, começando a contar sua história.

– Há muito tempo, havia um escravo chamado Androcles. Seu mestre era muito cruel, então Androcles fugiu. Quando a noite caiu, ele se refugiou em uma caverna, cansado e com fome. Mas a caverna era o abrigo de um leão, e o leão estava ali. Ele saiu das sombras, rosnando e mostrando os dentes.

Bela tomou uma das patas da Fera nas mãos.

– Pobre Androcles! Aterrorizado, ele se encolheu contra uma parede, certo de que estava prestes a morrer. Mas, então, quando pensou que tudo estivesse perdido... O leão lhe estendeu a pata.

Lentamente, Bela abriu a pata da Fera.

– Androcles viu que a pata estava sangrando e inchada. Corajosamente, ele se aproximou do leão e viu que um espinho estava preso na pata do animal. Com muita delicadeza, Androcles retirou o espinho. O leão ficou grato e ajudou Androcles indo buscar comida para ele. Poucos dias depois, porém, Androcles foi capturado. Foi jogado na prisão e, posteriormente, foi obrigado a lutar contra animais selvagens em uma arena para o simples deleite do imperador...

– E um daqueles animais selvagens era o próprio leão que Androcles ajudara – a Fera completou, com uma perceptível amargura na voz. – A criatura o reconheceu e se deitou aos pés de Androcles. O imperador ficou tão espantado que concedeu a liberdade a Androcles, e todos viveram felizes para sempre. Como sempre acontece nos contos de fadas. Mas a vida não é um conto de fadas, Bela.

– Na verdade, a história de Androcles também não é um conto de fadas, é uma fábula. Ela tem uma moral. Um objetivo. Fala sobre como os amigos se ajudam.

A Fera retirou a pata das mãos de Bela.

– E você está falando isso tudo para mim... Isso também tem um objetivo?

– Sim. Você é como esse leão. Há um espinho alojado profundamente. E ele dói muito e faz com que você...

A Fera se levantou de forma tão abrupta que a cadeira caiu no chão, fazendo Bela se encolher.

– Tenha cuidado, Bela. Nem todos os que tentam fazer amizade com os leões têm sucesso – ele disse, seu pelo arrepiado.

Bela viu que ela havia chegado muito perto de sua ferida. Sentiu a raiva crescente da Fera, mas não se afastou. Ela também estava com raiva, afinal, estava se esforçando muito, enquanto a Fera não estava tentando nem um pouquinho.

– O que vai fazer? – ela perguntou, levantando-se. – Rugir para mim novamente? Grunhir como fez quando fui conhecer a ala oeste?

– Não, eu vou embora. Porque não tenho mais nada a fazer aqui. Já chega dessas histórias tolas com suas metáforas ainda mais tolas – ele disse, avançando na direção da porta.

Mas Bela correu e se colocou à frente dele.

– Não há mais metáforas. Não há mais simbologias ou mensagens – ela disse, bloqueando a porta. – O que você não quer me contar? Eu sei que há mais coisas em relação a essa maldição do que você ou seus criados me contaram. E se vou passar o resto dos meus dias aqui, mereço saber a verdade, não mereço?

A Fera parou. Um rugido baixo saiu de sua garganta. Aquilo a preocupou, pois Bela já havia visto sua raiva antes. Ela sabia que era uma coisa viva, algo que o transformava em um demônio cruel e maldoso.

Pare, disse uma voz dentro de sua cabeça. *Não o pressione mais. Você não sabe do que ele é capaz.*

Mas Bela ignorou seus pensamentos.

– Eu sei sobre sua infância. Sei também sobre o baile e sobre a Feiticeira. Sei o que aconteceu com você, mas não significa que tenha de viver sua vida dessa maneira.

Os olhos da Fera estreitaram-se. Suas orelhas se abaixaram, aproximando-se de sua cabeça.

– Acho que eu tenho uma pergunta melhor: por que seu pai veio até aqui? Por que você veio? Não pedi para ele vir aqui. E também não pedi para você. Eu não pedi nada disso! – ele gritou.

– E eu pedi? – retrucou Bela.

A Fera apertou as patas e desviou o olhar.

– Você não sabe de nada, Bela. Nem sabe o que está perguntando.

– Então me conte – ela disse com indignação. – Por favor!

A Fera ergueu os olhos, encarando-a, e a dor que Bela viu em seus profundos olhos azuis era tão densa que cortou seu coração.

– Eu lhe diria tudo se pudesse, Bela – ele falou arrasado. – Eu lhe daria as respostas às suas perguntas, as chaves deste castelo amaldiçoado, contaria os segredos do meu coração, mas não posso. Por favor, entenda. Eu não posso.

E então ele se foi.

Cruzou a porta. Saiu da biblioteca.

E Bela se viu sozinha.

De novo.

CAPÍTULO VINTE E UM

BELA OLHOU PARA a porta aberta com o coração apertado. Seu coração doía pela Fera. Doía por si mesma.

Ela achou que ele fosse rugir e atacá-la, mas não foi o que aconteceu. Sua tristeza era ainda mais forte do que sua raiva.

Com um pesado suspiro, a moça se sentou de costas para a lareira.

Ela havia tentado novamente. E falhara mais uma vez. A Fera não queria, ou não podia, dar-lhe as respostas que buscava.

Bela pegou as *Fábulas de Esopo,* pensando que poderia tentar ler o livro, mas logo descobriu que não conseguiria fazê-lo. Seu leite já estava gelado. O fogo estava terminando.

Eu deveria voltar para a cama, pensou.

Apagou o fogo e deixou para levar a xícara para a cozinha na manhã seguinte. Foi até o banco sob a janela, onde havia encontrado as *Fábulas de Esopo*. Foi quando ouviu uma risada, baixa e gutural.

Vinha do fundo da biblioteca.

De Nunca Mais, Bela pensou.

A risada continuava e a lembrou do elegante castelo da condessa, do maravilhoso baile, dos príncipes, dos marajás e dos sultões com quem havia dançado.

Era tarde, mas talvez a condessa estivesse acordada. Aquela risada era dela, não era? Talvez Bela pudesse visitá-la.

Ela não ficaria sozinha em *Nunca Mais*. Não ficaria triste.

Haveria a condessa para conversar. E Henri.

As palavras de Henri voltaram à sua mente: *Você tem amigos aqui. Lembre-se disso. Eu sou um deles.*

Amigos, pensou Bela. *Pessoas com quem posso compartilhar coisas. Pessoas que abrem seus corações em vez de fechá-los.*

Bela se levantou e foi para o pequeno escritório onde havia escondido o livro mágico.

Ela estava condenada a passar seus dias no castelo da Fera, o que era bastante cruel – e sem ter ideia do motivo, o que era ainda mais cruel.

Mas *Nunca Mais* poderia proporcionar-lhe um maravilhoso refúgio para escapar de suas dores. Por algumas horas, conseguiria se distrair em suas lindas páginas. Aquilo lhe dava consolo e conforto. Algumas horas nas páginas de *Nunca Mais* a ajudariam a esquecer sua realidade.

Os passos de Bela aceleraram. Seus chinelos batiam suavemente contra o chão de madeira da biblioteca.

Quando chegou à porta do escritório, ela já estava correndo.

CAPÍTULO VINTE E DOIS

– Bela, minha querida! Você voltou! – exclamou a condessa, encantada.

Ela estava sentada em uma bela carruagem, diante de seu castelo. Quatro cavalos negros, que bufavam e batiam as patas, estavam atrelados a uma graciosa carruagem. As tochas brilhavam intensamente em ambos os lados da escada, iluminando a noite.

– Você chegou na hora certa! Estou indo para Paris, ao *Palais-Royal*! Venha comigo! – ela disse, acenando para Bela.

– Paris? – Bela ecoou. – Mas como? Isso não é real… É apenas uma história.

– Uma que *eu* estou escrevendo, como já disse antes – respondeu a mulher, apontando seu leque para Bela. – Você gostaria que sua história incluísse Paris?

Bela assentiu. Aquilo era um sonho.

A condessa sorriu.

– Então teremos Paris na sua história! Agora suba, minha querida. Meus cavalos são criaturas impacientes.

O Palais-Royal! Bela pensou, seu coração dançava. Ela tinha ouvido falar muito no palácio. Quem não tinha? Era o lugar mais comentado de toda Paris. Todas as pessoas importantes tinham passado por ali, escritores e filósofos, professores, princesas, artistas de circo e cantores de ópera.

Bela havia entrado em *Nunca Mais* e chegado à propriedade da condessa há apenas alguns instantes. A luz do luar iluminava o caminho de pedras e, quando Bela se aproximou, viu que as rosas que enfeitavam todo o terreno haviam crescido durante sua ausência, as árvores também estavam mais altas. Em alguns lugares, seus galhos cresciam tão unidos que formavam estruturas sólidas.

Mouchard abriu a porta da carruagem. Bela passou por um dos leões de pedra na base da escadaria e Mouchard a ajudou a subir no veículo. Depois de dar um breve abraço na condessa, Bela se sentou à sua frente e ajeitou a saia em torno de si.

Mais uma vez, ela se encontrava perfeitamente vestida para a ocasião, desta vez com um vestido azul-claro com flores brancas. Um delicado tecido branco passava por seus ombros, em um laço. Seu cabelo estava preso em um rabo de cavalo.

A condessa usava um vestido preto com acabamento em seda e bordados também em preto. Em seu pescoço, um colar, com diversas voltas, preenchido por perfeitas pérolas negras.

Ela está sempre de preto. Deve ser viúva, pensou Bela.

– E lá vamos nós – disse a condessa, batendo na lateral da carruagem com seu mastro de prata.

Mouchard sentou-se ao lado do motorista e a carruagem começou a percorrer o caminho que os levaria para além daquelas terras. A propriedade da condessa ficava nos arredores de Paris e não demorou muito para chegarem no coração agitado da capital francesa.

Os faróis de luz cintilante lançavam seu brilho sobre mansões elegantes, moradias majestosas e praças muito bem cuidadas. Pessoas bem-vestidas caminhavam pelas ruas. Restaurantes e cafés estavam iluminados. A música saía por suas portas.

Embora fosse tarde, Paris seguia cheia de vida, ruidosa e cativante – tanto que a frustração de Bela com a Fera e a tristeza por sua solidão logo foram esquecidas.

– Paris – disse a condessa animada. – Não há nada parecido, não é verdade?

– É de tirar o fôlego! Muito obrigada por me trazer aqui. Você é muito boa comigo – Bela afirmou.

Por quê?, Bela se perguntou. *Por que ela é tão boa comigo?*

Ela estava prestes a verbalizar sua dúvida, mas a condessa foi mais rápida:

– Fico feliz por fazê-la feliz. Tenho certeza de que nos divertiremos muito no palácio esta noite. Me disseram que acabou de chegar de Déli um engolidor de fogo. E, de Budapeste, um engolidor de espadas! Diga-me, você já viu isso?

Ela meneou a cabeça.

– Não, eu... – ela começou a dizer.

– *Não?!* – a condessa a interrompeu, apertando suas pérolas. – Minha querida, precisamos trazer você para passear mais vezes. Vai adorar. O palácio costumava ser a casa da realeza. Hoje é um jardim de prazeres, com teatros, lojas e cafés. Atores, acrobatas, músicos – todos se apresentam no pátio central. É espetacular! Ah, chegamos!

Mouchard saltou para a calçada quando a carruagem parou, pronto para ajudar as damas a descerem. O palácio, com todas aquelas colunas, frontões e galerias arejadas, deixou Bela boquiaberta. A condessa a conduziu através de uma entrada arqueada de onde partia uma longa sequência de colunas. A jovem foi cativada pelas lindas butiques que surgiam à sua frente e que vendiam de tudo, desde sapatos cravejados de pedras preciosas até bolos cobertos com folhas de ouro e livros com capas deslumbrantes.

Enquanto caminhavam, a condessa inclinou-se na direção de Bela:

– Vê aquela mulher ali? – sussurrou, acenando com a cabeça para uma senhora com um vestido carmesim. – Ela é de Viena. Há rumores de que seja uma espiã enviada pela rainha da Áustria e que tenha uma pistola escondida em sua liga.

Os olhos de Bela brilhavam com entusiasmo:

– E seria possível conversarmos com ela?

– Darei um jeito – respondeu a condessa que, na sequência, acenou com a cabeça para uma mulher idosa que tinha um tapa-olho preto e trazia um macaco no ombro. – Aquela é uma das mulheres mais ricas da França. Fez sua fortuna traficando rum.

A condessa levou Bela a um café elegante, onde se sentaram do lado de fora, perto de uma fileira de árvores floridas que estavam em enormes vasos de barro. As velas cintilavam sobre as mesas.

Um garçom se aproximou, trazendo xícaras de uma porcelana tão fina quanto a casca de um ovo. Nelas, ele lhes serviu café e, a seguir, colocou um prato de doces sobre a mesa no qual havia pequenos bolos decorados com pétalas de rosa cristalizadas, corações de marzipã com violetas açucaradas, castanhas confeitadas, pastéis de nata, finas tortas de creme... Bela estava achando tudo bonito demais para se comer.

– Que maravilha! – exclamou a condessa com os dedos pairando sobre o prato. – Bela, você deve comer todos para evitar que eu o faça.

Bela escolheu um bolo. Assim que o colocou na boca, a condessa soltou:

– Só isso? Que desperdício... Coma mais!

A condessa, então, pegou um minúsculo doce folheado. Suas frágeis camadas se quebraram quando ela o mordeu. Lambendo os lábios vermelhos do resto do doce, disse:

– Aquele homem ali. – Seus olhos indicavam um elegante cavalheiro com grandes e valiosos anéis. – Ele é um conde italiano. Um Borgia, minha querida. Diabolicamente encantador, mas nunca, nunca aceite um convite para jantar vindo dele. E a mulher ao lado dele, a que está com muito mais maquiagem do que deveria...

A condessa continuava a fofocar, mas Bela não prestava muita atenção, pois estava fascinada pelas pessoas exóticas que circulavam por ali com suas vidas de intrigas e mistérios. A bela noite, o encantador palácio, o elegante café... Tudo era absolutamente perfeito.

Até aquele momento, Paris era tudo que Villeneuve, sua pequena e provincial vila, não era. E Bela estava adorando!

– Me divirto tanto conversando com você, Bela. De verdade. Espero que também esteja se divertindo.

– Me divertindo? – disse Bela, rindo. – Condessa, isto é exatamente do que eu precisava.

A condessa recostou-se na cadeira e olhou para o céu noturno, sorrindo para as estrelas cintilantes.

– Seus pais viveram muito perto daqui quando eram jovens. Sabia disso? – ela perguntou. – Em um pequeno apartamento. Eu os conheci muitos anos atrás. E também conheci você.

– Já me conhecia? E quando foi isso? – Bela indagou. Certamente, ela se lembraria de ter conhecido alguém tão importante e elegante como a condessa, mas não conseguia se recordar.

– Foi há muito tempo – disse a mulher, olhando novamente para Bela. – Você era apenas um bebê nos braços da sua mãe.

Bela olhou-a com admiração.

– Você era amiga de minha mãe? – perguntou.

A condessa sorriu.

– De fato, sou grande admiradora do trabalho de seu pai, veja só. E adquiri muitas caixinhas de música ao longo dos anos. – O sorriso da condessa se tornou melancólico. – Eu estava com ela no final, entende. Fui o último rosto que ela viu.

– Mas meu pai... Eu pensei que ele... – Bela começou a falar.

– Ah, ele também estava lá. Claro que estava – assegurou a condessa a Bela. – Nós dois estávamos.

– Ele não gosta de falar sobre ela – Bela disse, abaixando o olhar e sorrindo tristemente. – Sempre foi muito doloroso para ele.

– Você sente muita falta dele, não é?

– Sinto, sim. Ele era o meu mundo e eu era o dele.

– Sua mãe sentia o mesmo – disse a condessa. – Ela o amava muito.

– Como ela era? A minha mãe, como ela era? – Bela perguntou ansiosa por absorver todas as informações que pudesse sobre sua mãe.

– Gentil. Inteligente. Bonita. Assim como você. Eu gostava muito dela. E sei que ela ficaria arrasada se ainda estivesse viva e visse você passando pelo que está passando. – Ela parou por alguns segundos, seus olhos procuraram os de Bela, então disse: – Foi por isso que fiz o que fiz.

Bela inclinou a cabeça, intrigada.

– Por isso fez o quê, madame?

– Por isso mandei *Nunca Mais* para você.

CAPÍTULO VINTE E TRÊS

– A SENHORA ME ENVIOU *Nunca Mais*? – perguntou Bela, atônita. – Achei que fosse um dos livros da Fera.

– Mandei um de meus servos invadir o castelo da Fera e colocar o livro ali na esperança de que você o encontrasse. Quero ajudá-la, Bela. Quero ampliar o alcance da sua história.

– Como?

– Oferecendo a você uma possibilidade de sair daquela prisão. Permitindo que conheça um pouco do mundo e das pessoas. Levando-a para conhecer as grandes cidades, para estudar nas grandes universidades... Qualquer coisa é possível aqui em *Nunca Mais*.

Bela olhou a condessa, sem palavras. O que ela lhe estava oferecendo era a transformação de um sonho em realidade. Ela poderia conhecer não só Paris, mas também Pádua e Praga, além de dezenas de lugares. Poderia estudar em lugares como a Sorbonne ou Oxford. Estas eram exatamente as oportunidades que sempre desejara, mas nunca acreditara conseguir.

Apesar de estar completamente em êxtase, a mesma pergunta que havia surgido em sua mente quando chegaram ao *Palais-Royal* voltou a incomodá-la. A condessa era tão gentil com ela, tão generosa. Parecia ser um pouco demais.

– Por quê? Por que, condessa, a senhora está fazendo tudo isso por mim? – a moça indagou.

A condessa aproximou-se da mesa e pegou as mãos de Bela.

– Em homenagem à memória de sua querida mãe, Bela. Porque sei que fazer você feliz a faria feliz. Você não gostaria disso tudo? De ver um pouco do mundo? Quer viajar comigo?

Bela levantou-se abruptamente de sua cadeira e abraçou a condessa.

– Nada poderia me impedir. Obrigada, condessa. *Muito obrigada.*

– Não precisa agradecer, querida – disse a condessa, dando um tapinha nas costas de Bela. – Sua felicidade já é todo o agradecimento de que preciso.

– E como vai fazer isso? – Bela perguntou, sentando-se novamente. – Como iremos a todos esses lugares?

A condessa balançou um dedo para Bela.

– Você deve deixar o autor manter seus segredos, criança.

Enquanto ela falava, Mouchard apareceu e sussurrou algo no ouvido da condessa. O sorriso dela se desfez e seus olhos ficaram sombrios.

– *O quê?* Mas ela não tem nada o que fazer aqui! – ela disse. – Tem certeza de que a viu? Onde?

Mouchard apontou para o café.

– Está tudo bem, condessa? – Bela perguntou preocupada.

– Parece que uma parente minha está no café – explicou a condessa com um sorriso forçado. – Devo cumprimentá-la. Você me daria licença por um momento?

– Claro – concordou Bela.

– Não demorarei – disse a condessa, levantando-se. – Termine de comer os doces, Bela. E pense em nosso primeiro destino!

Bela assentiu ansiosamente. Ela estava tão feliz que quase tinha vertigens. Esforçava-se para permanecer sentada e não sair dançando pelo café. Tentando se acalmar, pegou o prato de doces.

Logo que foi pegá-lo, uma grande aranha marrom caiu dos galhos das árvores acima da mesa e pousou bem no meio do prato.

CAPÍTULO VINTE E QUATRO

AMOR OBSERVOU A Morte se aproximar.

– Boa noite, *condessa* – ela disse com muito sarcasmo na voz.

Amor estava sentada em uma mesa para dois. Seu cabelo prateado preso no alto de sua cabeça. Cordões de pérolas brancas pendiam de seu pescoço. Ela usava uma jaqueta de seda branca e uma saia volumosa que completava o conjunto.

A Morte sentou-se à sua frente.

– Este é o meu reino, e não me lembro de ter convidado você para nada – ela disse. – O que está fazendo aqui?

– Você está trapaceando, querida irmã. Mais uma vez. Precisa parar com isso.

A Morte fingiu um olhar de inocência.

– O que a faz pensar assim?

Amor ignorou a pergunta.

– Você ainda tem alguma carta guardada na manga? Usou todas as suas cartas, minha irmã. Um maravilhoso baile. Um belo duque. A promessa de viagens, de estudo. Até já usou a jogada da mãe dela. Não tem vergonha?

– Tudo o que estou fazendo é proporcionar um inofensivo refúgio para essa pobre garota – Morte disse, fingindo bondade. – O que já é muito mais do que você fez por ela. Que vida mais sem graça deve ser ficar trancada naquele castelo amaldiçoado, dia após dia, com aquela horrível Fera e todos os seus artefatos falantes.

– Isso é mentira. Eu sei exatamente o que está fazendo.

Morte deu a sua irmã um sorriso presunçoso.

– Sabe?

– Apesar de todo seu poder, você não pode tirar uma vida antes do tempo – afirmou Amor –, então está tentando vincular Bela a *Nunca Mais*.

Morte espalmou as mãos e começou a observar suas longas unhas vermelhas.

– Não tenho a menor ideia do que está falando.

– Você está jogando a Regra dos Três: está usando os três peões, o primeiro é aquele que segura o carretel sobre o qual o fio da vida está enrolado; o segundo é quem puxa esse fio; e o terceiro, quem o corta. Se Bela comer três coisas em *Nunca Mais* e se deixar três coisas dela aqui, estará presa a este mundo.

Morte abaixou a mão e encarou a irmã.

– Isso já está ficando um bocado chato. Se eu admitir tudo, você vai embora? – ela perguntou.

– *Eu sabia* – alegou a irmã, balançando a cabeça.

– Não entendo por que me julga. É uma regra tão bonita, você não concorda? Início, meio e fim, todas as vidas têm essas três etapas, e assim também acontece com as histórias. Embora eu deva admitir que prefiro o fim sempre – disse Morte.

– Bem, você não conseguirá um, visto que Bela não deixou nada em *Nunca Mais* – atestou Amor.

– Tem certeza disso? – Morte murmurou.

– Acho que sim. Ela também não comeu muito em seu baile. Apesar de você ter se esforçado bastante, meus besouros a ajudaram.

– Mas agora ela comeu – afirmou Morte.

Os olhos verdes de Amor brilhavam de raiva.

– No que depender de mim, ela não comerá mais nada!

Morte retrucou:

– Mas não depende de você, minha cara irmã. Esta é a minha história. Aqui não é o seu lugar. Saia agora ou chamarei meu servo para colocar você para fora.

Amor olhou para o capanga de Morte, que estava à espreita perto da porta. Um tremor percorreu seu corpo.

– Como aguenta conviver com essa criatura horrível? – Amor perguntou. – Ele fede a túmulo.

– Esse é o meu perfume favorito – disse Morte. – Mouchard! Venha!

Mas Amor era muito rápida. Com a delicadeza de uma flor de seda branca, ela atravessou o café, cruzou a porta da cozinha e desapareceu.

– Devo segui-la, madame? – perguntou Mouchard.

– Sim, certifique-se de que ela *realmente* se foi. E mantenha minha querida irmã bem longe daqui de agora em diante. Peça para os outros o ajudarem.

Mouchard abaixou a cabeça.

– Pode deixar, madame – ele disse, indo na direção da porta da cozinha, com seus olhos negros brilhando.

Morte permaneceu onde estava por um momento, tamborilando a ponta de suas longas unhas sobre a mesa. Era preocupante que Amor tivesse descoberto o que ela estava fazendo. Morte sabia que sua irmã nunca atenderia seu pedido de ficar longe dali e que, agora, se esforçaria ainda mais para atrapalhar seus planos. No entanto, Mouchard e mais uma dúzia de abutres estariam empenhados em dificultar sua vida.

Mesmo assim, Morte sabia que teria que intensificar seus esforços. E ela o faria.

– Minha irmã está errada. Como de costume – Morte sussurrou. – Ainda tenho uma carta na manga. A melhor de todas as cartas.

Enquanto falava, olhou pela janela. Apesar de não poder ver Bela, sabia que a jovem estava ali, sentada em sua mesa, felizmente, observando o mundo à sua volta.

– E eu vou usá-la.

CAPÍTULO VINTE E CINCO

Bela arfou e afastou sua cadeira da mesa. Ela não tinha muito medo de aranhas, mesmo das grandes, mas também não estava acostumada a dividir sua comida com elas.

Observando de longe, Bela via a aranha rastejando sobre o prato. Suas longas e finas patas afundavam no recheio dos delicados doces. Quando a aranha chegou à beirada do prato, um besouro preto e brilhante pousou na mesa. Ela percebeu que era o mesmo besouro que havia surgido no baile da condessa, pois reconheceu suas asas cintilantes.

Alguns dos clientes notaram a presença do inseto e fizeram caretas, mas continuaram comendo. Bela procurou pela condessa, mas ela ainda estava do lado de dentro do café.

– Você… Bem, você gostaria de um doce? – ela perguntou ao besouro, pegando um doce do prato e oferecendo ao inseto.

O besouro levantou-se sobre suas patas traseiras e, com raiva, atingiu o delicado doce com seus temíveis chifres.

– Está se alimentando de mentiras, garota tola! – ele disse, apontando uma garra para ela.

As sobrancelhas de Bela se ergueram.

– Você *fala?* – ela perguntou, espantada.

– Claro que sim! Pare de comer enquanto estiver em *Nunca Mais*. É perigoso.

– Não seja bobo. Como pequenos e lindos bolos decorados podem ser perigosos? – Bela perguntou.

Seu tom era desdenhoso, mas, quando verbalizou aquelas palavras, Bela sentiu um desconforto percorrer seu corpo. Aquela já era a segunda vez que o besouro tentava afastá-la dos doces oferecidos pela condessa.

O besouro não respondeu à pergunta que Bela lhe fizera. Com o olhar vivo, ele pegou um pedaço de bolo e atirou no chão. A aranha fez o mesmo com uma tortinha recheada de creme.

– Pare com isso! – Bela balbuciou, irritada. – Isso é muito grosseiro, besouro!

– Lucanos – disse o besouro altivamente, jogando uma castanha confeitada da mesa para o chão. – Meu nome é Lucanos, não besouro. Meu amigo aqui é Aranae.

– E por que não devo comer nada em *Nunca Mais*? Quem enviou vocês? – Bela indagou.

Ela se lembrou de que a condessa lhe havia dito que perto de seu castelo havia uma louca que era a dona dos insetos e que, às vezes, eles escapavam. Será que eles teriam viajado de lá até Paris? Ou teria sido a tal louca que os tinha levado até ali? Ela poderia estar por perto. Bela olhou por cima do ombro, nervosa.

– Isso não importa – disse o besouro. – O que importa é que você entenda a Regra dos Três. Se comer três coisas, ou se deixar três coisas aqui... – Ele parou de falar abruptamente e olhou para a direita.

Bela seguiu seu olhar, esperando ver uma pessoa enlouquecida se aproximando. Em vez disso, viu a condessa retornar.

– Depressa, Aranae! – Lucanos apressou a aranha.

Trabalhando juntos, os dois insetos conseguiram jogar o prato inteiro de doces para fora da mesa. O prato caiu no chão e se espatifou, fazendo um barulho alto. Lucanos voou para longe. Aranae subiu por sua teia.

– Que horror! – exclamou a condessa. – O que aconteceu aqui?

Bela contou tudo à condessa, que prosseguiu:

– Criaturas desagradáveis! Mas pelo menos já se foram agora. A louca não se aproximou de você, não é mesmo? – ela perguntou.

– Não – respondeu Bela.

– Ótimo. Que alívio. Ela é capaz de qualquer coisa, Bela. Você não gostaria de ter o desprazer de encontrar-se sozinha com ela – disse a condessa, com um tom grave em sua voz.

Bela assentiu e perguntou:

– Encontrou sua parente?

A mulher sorriu.

– Encontrei, sim. Tivemos uma agradável conversa. Eu teria apresentado vocês, mas ela estava com pressa. – Ela fez um gesto para um garçom, pedindo a conta. – Devo voltar para casa agora. Está ficando tarde e preciso descansar um pouco. Você também deveria descansar, Bela, afinal, temos muito planejamento para fazer! Roma é adorável nesta época do ano. Ou talvez Florença?

A condessa continuava falando, e Bela, levada por suas descrições da Itália, ficava animada com tudo o que ouvia. A inquietação causada pelas estranhas advertências de Lucanos e sua preocupação sobre como chegariam a lugares como Roma e Florença desapareceram quando a condessa começou a descrever o teto da Capela Sistina e as lojas que ficavam sobre a Ponte Vecchio.

De braços dados, elas caminharam de volta para a carruagem. No caminho, pararam no pátio do *Palais-Royal*, onde assistiram a uma trupe de acrobatas de Xangai e mágicos vindos de Zanzibar e de Constantinopla.

– Veja! – disse a condessa de repente, apontando para o centro do pátio. – *Monsieur* Truqué está aqui. Suas criações são as melhores em Paris, Bela. Você simplesmente precisa conhecê-lo!

A condessa puxou o braço de Bela, levando-a para uma marquise listrada. As tochas ardiam em ambos os lados da cobertura. Sob a marquise, havia apenas três pessoas. Todas absolutamente imóveis. A primeira pessoa era um homem sentado diante de um cravo, com a cabeça inclinada. A segunda, um rei com a coroa na cabeça, congelado e curvando-se para a rainha que estava à sua frente, fazendo-lhe uma reverência.

Apenas quando Bela se aproximou pôde perceber que eram bonecos. Suas cabeças e mãos eram feitas de papel machê; seus graciosos sorrisos eram pintados e seus olhos eram de vidro.

Outros espectadores se juntaram a Bela e à condessa.

– Aquele ali é Truqué em pessoa! – sussurrou alguém, apontando para a direita da marquise.

Um homem calvo estava parado ali, com uma mão dobrada sobre a outra. Sua camisa branca estava amassada sob o longo casaco cinza. Seus olhos eram focados e atentos.

Depois de um momento, ele tossiu e o som depois se transformou em silêncio entre os observadores. Quando o silêncio ficou absoluto, ele puxou uma grande chave de latão do bolso do casaco.

– A chave da vida! – ele exclamou, segurando-a.

Então, Truqué abriu caminho e se aproximou do homem diante do cravo, inserindo a chave em suas costas e girando--a. Um assustado "Oh!" veio da multidão quando as mãos do musicista começaram a se mover sobre as teclas do instrumento e as notas de um minueto puderam ser ouvidas.

Monsieur Truqué, então, colocou a chave nas costas da rainha. Seu peito se expandiu como se ela estivesse realmente respirando. Ela se levantou de sua reverência, ergueu a cabeça e sorriu.

Chegou, então, a vez do rei, que se endireitou lentamente e ofereceu à rainha sua mão. Os dois começaram a dançar, seus movimentos, duros no início, ficavam mais suaves e graciosos.

– Apresento-lhes o rei Otto e a rainha Matilda! – gritou *monsieur* Truqué.

O público aplaudiu.

– Eles são notáveis, não são? – a condessa sussurrou para Bela.

Por alguns momentos mágicos, Bela quase acreditou que as figuras fossem humanas. Mas, então, eles começaram a parar de se mover. A manga do músico havia retrocedido um pouco enquanto ele tocava e era possível ver as juntas metálicas de seus punhos. Logo sua cabeça tombou e suas mãos congelaram. A música parou. As pernas da rainha ficaram rígidas. Seu sorriso endureceu.

O rei, que tinha sido o último a ganhar vida, dançou sozinho por alguns segundos até ele também parar de se mover. As engrenagens que os animavam logo pararam e suas pernas ficaram imóveis. Seus ombros abaixaram e, no instante antes de seus olhos se fecharem, encontraram-se com os de Bela. O olhar dele estava tão cheio de saudade que o coração da jovem se compadeceu. Ele chegou a estender-lhe a mão, mas logo sua mão caiu, assim como sua cabeça, que ficou pendurada.

– Oh! – gritou Bela. – Pobre rei Otto!

A condessa virou-se para ela e perguntou:

– Qual é o problema, meu bem?

– Ele parecia tão triste, madame. Como se quisesse muito estar vivo.

– É verdade mesmo – disse a condessa, pensativa.

Um garotinho começou a passar entre o público, com o chapéu na mão, coletando dinheiro para Truqué. Ao vê-lo, a condessa pegou uma bolsinha de seda que carregava e tirou uma moeda de prata.

Bela tinha ficado tão emocionada com a apresentação que também queria contribuir.

Na noite em que deixara Villeneuve atrás de seu pai, havia pegado algumas moedas, para o caso de precisar de dinheiro na rua. As moedinhas de cobre não valiam muito, mas eram tudo o que ela tinha. Eram aquelas moedas que ela guardava nos bolsos de seu vestido de camponesa, junto de seu lenço de linho, pequenas e emocionantes lembranças de casa. *Nunca Mais* havia transformado suas roupas simples naquele elegante vestido. As moedas ainda estariam em seu bolso?

Ela procurou para ver se havia algum bolso em seu novo vestido e encontrou um pequeno. Ao colocar a mão nele, encontrou suas moedas e seu lenço.

Bela tirou duas moedas do bolso e esperou que o menino se aproximasse.

– É muito gentil de sua parte, Bela – disse a condessa, aprovando a doação.

– Gostaria de poder contribuir com mais.

– Que besteira. O que você der será muito útil. O jovem está aqui, faça sua contribuição. Vá em frente... – a condessa a incentivou.

O menino se aproximou, sorrindo. A condessa colocou sua moeda no chapéu do garoto e Bela estava prestes a fazer o mesmo. No entanto, saída do nada, uma mulher surgiu, se espremendo entre Bela e o menino. Afastou Bela, pegou o chapéu das mãos do menino e saiu correndo.

Tudo aconteceu tão rápido que Bela não teve nem tempo de entender o que se passava. A mulher usava um chapéu com um véu e Bela não havia visto nada de seu rosto. A única coisa que conseguira ver foi o rodopiar de saias brancas quando ela passou.

– Peguem essa ladra! – gritou Truqué.

– Peguem-na! – repetiu um homem na multidão.

– Depressa, ela está fugindo! – exclamou uma mulher.

Mas era tarde demais. A mulher já estava do outro lado do pátio e, ao cruzar o portão, ela desapareceu.

– Ela... Ela simplesmente roubou o chapéu do garoto? – perguntou Bela, indignada. Com as mãos trêmulas, colocou suas moedas de volta no bolso, certa de que as deixaria cair se não as guardasse.

– Parece que sim – disse a condessa. Ela ainda estava olhando para o lugar por onde a ladra havia fugido. Seus olhos ardiam de raiva.

– De onde ela surgiu? – Bela indagou.

– Ela estava escondida nas sombras, provavelmente, esperando por sua chance – respondeu a condessa.

Isso não fazia sentido para Bela. *Nunca Mais* não era o livro da condessa?

– Mas, condessa, você está escrevendo esta história, não é isso? – perguntou Bela. – Como é que essa pessoa pode entrar nela se a senhora não quiser?

– Ah, Bela. Esse é o drama de todos os escritores – respondeu a mulher, suspirando. – Esses personagens problemáticos! Eles fazem o que querem, e nós, autores, não temos controle sobre a situação. – Tomando o braço de Bela novamente, acrescentou: – Pobre garota! Você está tremendo. Venha, devemos encontrar Mouchard e pegar a carruagem. Acredito que já tivemos muita emoção para uma só noite.

Ela levou Bela para longe de Truqué, da marquise e da multidão.

Distraída por um homem que fazia malabarismos à beira do pátio, Bela não percebeu quando a condessa olhou para *monsieur* Truqué.

Ela também não viu o homem cumprimentar a condessa e dar tapinhas de parabéns nas costas do rei sem vida.

Ela não o viu sorrir.

CAPÍTULO VINTE E SEIS

As nuvens passeavam pelo céu, ocultando a lua e as estrelas.

O ar da noite era frio e tocava o rosto de Bela como se fosse um suave veludo durante o percurso de carruagem que a levaria de volta à casa da condessa, nos arredores de Paris.

Quando toda aquela animação da noite parisiense se acabou, os olhos de Bela ficaram pesados e, quando chegaram ao castelo, ela já estava escondendo os bocejos com a mão.

Mouchard saiu do assento de condutor e foi até a porta, antes mesmo que a carruagem tivesse parado.

– Adeus, condessa – disse Bela quando saíram da carruagem. – E obrigada mais uma vez, por tudo.

Havia uma nota de melancolia na voz de Bela. A condessa percebeu.

– Qual é o problema, querida? – ela perguntou.

– Nada – Bela disse com saudade. – Pelo menos, nada que não me faça parecer uma completa ingrata. Eu só... Eu queria não ter que partir sempre. Queria que *Nunca Mais* fosse real.

A condessa alisou uma mecha de cabelo caída sobre a testa de Bela. Seu toque era tão frio quanto o mármore.

– E que importa que não seja real? – ela perguntou. – A vida pode ser tão difícil, e as histórias sempre nos ajudam a escapar dessas dificuldades. Está tudo certo em se perder em uma história, querida. Não é isso que você sempre fez? E esta aqui é sua própria história, por favor! Que mal pode haver nisso?

Bela assentiu. A condessa estava certa.

– Você está muito cansada, meu bem, já chega por hoje – a condessa prosseguiu. – Vá dormir e volte para cá assim que puder.

Beijou a testa de Bela com seus lábios gelados e, então, partiu em uma nuvem preta, subindo os degraus de pedra e entrando no castelo, cujas portas se abriram diante de sua presença.

Mouchard limpou a garganta.

– Por aqui, *mademoiselle,* por gentileza – ele disse com uma voz tão pesarosa quanto um sino de funeral.

Bela o seguiu através da grande área de pedras em frente ao castelo, usada para manobrar as carruagens, até chegar ao início da estreita estrada. Para seu espanto, durante as poucas horas que ela e a condessa haviam estado no *Palais-Royal,* as árvores verdes e frondosas haviam se tornado ainda mais majestosas, e as roseiras, mais cheias de espinhos.

– O caminho de volta... Ele ainda está lá? – ela perguntou.

– Está exatamente onde sempre esteve, *mademoiselle* – respondeu Mouchard, entregando-lhe a vela que ela trazia quando chegou em *Nunca Mais.*

Bela analisou a escuridão e indagou:

– Você não teria um lampião para me emprestar? Algo que iluminasse um pouco mais do que esta vela?

Mas Mouchard já havia desaparecido.

A sensação ruim que Bela sentira mais cedo voltou quando ela começou a caminhar. As roseiras a tocavam como se fossem dedos longos e gananciosos. Os espinhos se agarravam à sua saia, mas ela se soltava e seguia caminhando.

Ao passar por baixo da cobertura feita pela copa de altos carvalhos, a escuridão se tornou ainda mais intensa. O sussurro das criaturas da noite era cada vez mais alto. Uma coruja piava e seu som queixoso causou-lhe arrepios. As raízes das árvores serpenteavam sobre o chão, ameaçando derrubá-la.

Um sapo marrom e gordo, do tamanho de um gato, pulou bem na sua frente e a assustou. Os olhos amarelos do animal a observavam.

Quanto mais ela se afastava do castelo seguindo a estrada de pedras, mais o caminho se estreitava e mais sinuoso ele ficava. Bela sentiu um medo que lhe deu calafrios.

– E se eu não conseguir encontrar meu caminho de volta até o livro? – sussurrou.

No mesmo instante, uma figura apareceu diante dela: tinha o tamanho de um alto homem e usava roupas de homem, mas tinha um longo focinho, orelhas pontudas e dentes afiados, como um lobo.

O coração de Bela começou a martelar no peito.

– Quem... Quem é você? – ela balbuciou. – O que você quer?

A criatura não respondeu.

A lua saiu de trás das nuvens por um instante e a moça pôde ver que não era uma criatura real, apenas um corte de seixos que, à sombra, se parecia com uma figura humana.

Bela continuou seu caminho. Ela fez mais uma curva. E depois outra. Até que encontrou, bem à sua frente, o livro gigante com páginas cintilantes. Mas a prata cintilante agora parecia mais densa e, ao atravessar sua mão, sentiu como se colocasse a mão em uma tigela de mingau. Foi necessário um certo esforço para conseguir atravessar as páginas e se encontrar, novamente, na biblioteca da Fera.

Ela estava de novo vestindo seu pijama; a vela ainda em sua mão. E seu coração já estava voltando ao normal, embora ainda sentisse medo.

Por que foi tão difícil voltar ao castelo da Fera dessa vez?, ela se perguntou.

A vegetação densa, as raízes e os ramos que pareciam apertá-la... Ela sentiu como se *Nunca Mais* quisesse mantê-la do outro lado.

Lucanos havia lhe dito que ela estava se alimentando de mentiras. Ele estaria certo? Será que ela deveria ter cuidado com *Nunca Mais*?

Bela balançou a cabeça, convencida de que estava simplesmente sendo vencida pelo cansaço.

Certamente a condessa teria me dito se houvesse algo a temer na história, pensou. *Aliás, por que eu deveria dar ouvidos a um besouro? Ele provavelmente está tão louco quanto a sua dona.*

A condessa estava certa. A vida podia ser difícil. E solitária também. Confusa, às vezes. Frustrante. E, em muitos momentos, a vida podia ser triste.

Mas *Nunca Mais* não era nenhuma dessas coisas. Lá tudo era lindo e fascinante. Inspirador. Surpreendente. Glamoroso e divertido.

A voz da condessa ecoou em sua memória... "Volte para cá assim que puder."

– Eu vou voltar, condessa – Bela sussurrou para a escuridão. – Assim que eu puder...

CAPÍTULO VINTE E SETE

– Eu sabia que essa ideia de patinar não poderia dar certo – disse Horloge. – E se não for um simples resfriado? E se for bronquite? Ou pneumonia? – Ele baixou a voz. – E se for a peste negra?

Lumière, que estava verificando a bandeja de café da Fera, deu uma olhada para o amigo.

– Peste negra – disse ele sem rodeios. – A doença da qual não se tem registros por essas bandas há aproximadamente cem anos... Essa peste negra?

– É um resfriado, Sr. Horloge, apenas isso – afirmou Madame Samovar agitada. – O mestre pegou friagem enquanto patinava. Com descanso e cuidado, ele logo estará ótimo outra vez.

Bela estava sentada na grande mesa da cozinha com Zip, tomando seu café da manhã: brioche com geleia, uma tigela de aveia com passas e creme e chocolate quente.

Estava exausta. No momento em que tinha escondido *Nunca Mais* outra vez e saído da biblioteca, já estava quase na hora do amanhecer e não havia tempo para recuperar o sono perdido. Ela voltou para seu quarto apenas para lavar o rosto, escovar os cabelos e se vestir. Então, juntou-se a Madame Samovar, Zip e os outros na cozinha.

Chapeau pegou a bandeja da Fera e saiu da cozinha. Lumière e Horloge o seguiram, ainda conversando.

– Um bom escalda-pés seria perfeito para afastar uma possível contaminação por malária – sugeriu Horloge.

– Agora é malária, Horloge? Virou médico? – Lumière provocou o amigo. – Sua ridícula imaginação é a única coisa que realmente temos que temer.

– *Espero* que seja malária – disse Horloge sombrio. – Também pode ser lepra.

Plumette já estava trabalhando duro na limpeza da sala de música. Maestro Cadenza, o cravo do castelo, queixava-se do excesso de poeira que fazia suas teclas ficarem pegajosas. Froufrou procurava ver se encontrava ratos. Madame de Garderobe, uma cômoda alta e dourada que ficava no quarto de Bela, estava consertando um avental que Bela havia rasgado.

Como de costume, todos os criados tinham tarefas a fazer e Zip tinha de estudar. A diferença era que a Fera estava presa na cama. Seria outro dia longo e solitário para Bela, cheio de nada para fazer e sem ninguém para fazer nada junto a ela, que mal podia esperar para voltar para *Nunca Mais*.

Ao terminar o café da manhã, Bela limpou os pratos e estava prestes a ir para a biblioteca quando Madame Samovar perguntou se ela levaria uma bacia de migalhas de pão amanhecido para dar às galinhas. Zip se ofereceu para ir com ela. Chapeau já havia subido as escadas, então Bela correu para buscar um manto e luvas.

Madame Samovar a seguiu silenciosamente e, quando Bela estava voltando, perguntou, com a voz baixa e olhando para trás:

– Bela, você tem um minuto?

– Claro, Madame Samovar. Há algo errado?

– Não, eu simplesmente não quero que Zip me ouça. O aniversário dele é amanhã. Estou planejando uma festinha surpresa para amanhã à noite, e queria saber se eu poderia pedir sua ajuda com a decoração.

– Claro! Vou adorar ajudar! – exclamou Bela, feliz. Aquilo atrasaria sua volta a *Nunca Mais* em apenas uma hora, aproximadamente. E não havia nada que ela não fizesse por Zip.

– Obrigada, Bela – agradeceu, satisfeita, Madame Samovar. – Cuisinier vai fazer o bolo, e também tenho um pequeno presente para ele.

Bela e Madame Samovar voltaram para a cozinha, planejando a melhor maneira de garantir a surpresa. Quando Bela estendeu a mão para abrir a porta da cozinha, Madame Samovar a deteve.

– Você parece tão pálida esta manhã, meu bem – ela disse, franzindo o cenho. – Suas olheiras estão tão profundas e escuras como a meia-noite, e vi que não parou de bocejar o café da manhã todo. Também está resfriada?

– Estou bem – Bela respondeu, forçando um sorriso. – Apenas um pouco cansada. Eu não conseguia dormir ontem à noite, então me levantei para fazer um pouco de leite quente.

– E voltou para a cama?

– Fui para a biblioteca – Bela admitiu timidamente.

Madame Samovar fechou ainda mais a cara.

– Você acabou de descobrir a biblioteca e já está passando tempo demais lá, Bela. Fica muito tempo sozinha.

– Eu só pretendia ler por alguns minutos – ela explicou rapidamente –, mas... hum, eu me perdi em um bom livro.

Bela sentiu uma pontada de culpa em não ser completamente honesta, mas sabia que Madame Samovar se preocuparia ainda mais se soubesse sobre *Nunca Mais* e sobre seus planos de passar o maior tempo possível lá.

– Bela... – disse Madame Samovar, fitando-a.

– Sim, Madame Samovar?

– Sei que é muito difícil... Sua situação aqui... com o mestre. Com todos nós. Sei que esta não é sua escolha... – Ela hesitou, tentando encontrar as palavras certas e, então, disse: – Bela, é uma coisa maravilhosa ler sobre a vida de outras pessoas, mas é importante viver a sua própria vida também, independentemente do quanto a vida às vezes possa ser um grande desafio. Entende o que estou lhe dizendo, meu bem?

Antes que Bela pudesse responder, Zip apareceu berrando na porta da cozinha.

– Bela!

– Meu Deus, Zip! Por que esse grito tão alto? – Madame Samovar o repreendeu.

– Desculpe, mamãe – disse Zip. Ele se virou para Bela. – Vamos, Bela, vamos!

– Eu entendo, Madame Samovar. Mas estou bem, de verdade – assegurou Bela, indo rapidamente ver o que Zip queria e terminando a conversa.

Ela estava passando muito tempo na biblioteca, sim, mas não sozinha.

Bela pegou a tigela com migalhas de pão e seguiu com Zip pela porta dos fundos em direção ao galinheiro.

Ela não viu, mas Madame Samovar ficou na janela, observando-os. Um suspiro sacudiu sua tampa e a preocupação gravou outra pequena rachadura em seu rosto de porcelana pintada.

CAPÍTULO VINTE E OITO

– MAMÃE ME DISSE que o mestre está se sentindo muito mal – disse Zip, tagarelando. – Disse que ele está com uma tosse tremenda e que espirra muito. E também que está muito irritado.

– A Fera, irritada? Não posso acreditar nisso – Bela brincou.

Zip riu.

– Eu queria visitá-lo com Froufrou, para tentar animá-lo, mas mamãe não deixou. Ela disse que ele ficaria pior. Não entendo qual seria o problema, Bela. Lumière sempre diz que o meu sorriso cura tudo.

– Eu acho que seu sorriso não curaria a Fera, Zip.

– Oh – disse Zip, seu pequeno rosto repentinamente triste. – Bem, deve haver algo que possamos fazer.

No mesmo momento, Bela tropeçou e derrubou parte das migalhas. Um pequeno pardal imediatamente se aproximou para comê-las. Aquilo lhe deu uma ideia.

– Vamos, Zip! – disse ela animada, indo para a ala oeste.

– Mas e as galinhas? – Zip perguntou.

– Mais tarde a gente traz um pouco de trigo para elas – Bela disse já por cima do ombro.

Quando chegaram ao gramado da ala oeste, que estava todo coberto de neve, Bela tirou as luvas e começou a jogar as migalhas no chão, cuidadosamente.

– O que estamos fazendo, Bela? – perguntou Zip, observando-a.

– Estamos escrevendo uma mensagem para ele!

– Mas, Bela, não vai funcionar. O mestre não verá as migalhas. Não dá pra ver direito com toda essa neve...

– Ele vai conseguir. Eu garanto! – disse Bela.

Zip não parecia estar convencido, mas seguia do seu lado enquanto ela trabalhava. Quando Bela terminou, colocou as luvas e caminhou em direção à janela da Fera. Um pardal cantou do alto de uma árvore, agitou as asas e voou até as migalhas.

– Veja, Bela! Os pássaros vão comer todas as migalhas! – Zip gritou.

– Essa é a ideia! A moça sorriu. – Assim vamos conseguir chamar sua atenção!

Ela se abaixou, pegou um pouco de neve e modelou uma bola, a qual lançou contra a janela da Fera. Mas nada aconteceu. Ninguém apareceu.

– Tente novamente! – pediu Zip.

Bela pegou mais um pouco de neve, fez uma bola bem firme e arremessou outra vez. Um instante depois de jogá-la, a janela se abriu. Horloge apareceu e logo recebeu uma bola de neve na cara.

– Ah, não! – gritou Bela, levando as mãos até a boca.

Zip rapidamente se escondeu atrás da saia dela.

– Levantem a ponte levadiça! – Horloge berrou, limpando a neve de seu corpo. – Estamos sob ataque!

Lumière chegou à janela, puxou Horloge e olhou para fora.

– Lumière! – Bela gritou. – Aqui!

Lumière a viu. Ele sorriu e acenou.

– Diga a Horloge que peço desculpas! – gritou Bela.

– Eu tenho que dizer isso? – Lumière gritou de volta.

– *Sim!* E, se puder, chame a Fera.

Lumière assentiu, depois desapareceu.

Poucos segundos depois, a Fera apareceu em seu roupão, com o cenho franzido. No entanto, assim que viu Bela, com o manto azul e com as bochechas coradas do frio, acenando, sorriu.

– Olhe para o gramado! – ela gritou.

A Fera inclinou a cabeça, colocando a pata ao lado da orelha para tentar ouvi-la.

– Ele não consegue nos ouvir! – disse Zip.

Bela aproximou as mãos da boca e gritou ainda mais alto, apontando para onde havia colocado as migalhas.

– OLHE PARA LÁ!

A Fera virou a cabeça. O sorriso aumentou em seu rosto.

Dezenas de pássaros, pardais, cucos, gralhas, tordos e cotovias se deliciavam com as saborosas migalhas. Eles saíram das árvores e pousaram na neve, ansiosos. Seus corpos ágeis transformavam as migalhas em um bilhete vivo que dizia: FIQUE BEM LOGO!

– O mestre adorou, Bela! – Zip gritou. – Nunca o vi com um sorriso tão grande!

O som do riso da Fera agradava Bela. Ao vê-lo, ela se deu conta de que sentia falta dele. O castelo não era o mesmo com ele recluso em seus aposentos.

Por quê?, ela perguntou a si mesma. *Como posso sentir falta dessa criatura de temperamento difícil e tão malcriada?*

Porque ele também é engraçado, atencioso e gentil, uma voz dentro dela respondeu.

Infelizmente, a risada da Fera logo se transformou em uma tosse profunda, e Horloge apareceu novamente na janela, olhando para Bela e para Zip.

A Fera fez uma cara de tristeza e fingiu morder suas garras.

Bela e Zip riram. Horloge não. Ele afastou a Fera da janela e a fechou, mas não antes de a Fera dar um último adeus a Bela e Zip.

– Bem, Zip, se o riso realmente é o melhor remédio, então eu diria que o curamos – declarou a moça.

Os dois seguiram para o vestíbulo ao lado do celeiro e pegaram um pouco de trigo de um saco. Alimentaram as galinhas e depois voltaram para a cozinha. Assim que Madame Samovar viu Zip, disse que estava na hora de ele se dedicar aos estudos da tabuada.

A pequena xícara resmungou, mas se acomodou na mesa da cozinha com um pedaço mágico de ardósia e um pedaço de giz que escrevia a tabuada que ele ditava.

Bela lhe deu um sorriso simpático, depois saiu para não distraí-lo. No corredor, Chapeau pegou seu manto e ela seguiu para o andar de cima, planejando fazer a cama, arrumar o quarto e, depois, encontrar pedaços de papel, ou talvez alguns restos de tecido, para começar a pensar na decoração para a festa de Zip.

Ela estava sozinha de novo. Não havia ninguém para lhe fazer companhia. Ninguém com quem conversar. Mas ela se consolou ao pensar que, em breve, estaria novamente com a condessa. Elas fariam seus planos de viagem naquele dia. Seu coração disparou.

Para onde iriam primeiro? Londres? Madri? Berlim? Atenas?

Bela passara a vida em uma pequena aldeia provinciana e, agora, quase da noite para a o dia, o mundo, com todas as suas pessoas e culturas, seus castelos e ruínas, suas universidades e museus, estava ao alcance de suas mãos.

Nunca Mais ia muito além da condessa.

Era mais que um livro, mais que uma história.

Era diferente de tudo o que ela já havia visto.

E tudo o que ela sempre quis.

CAPÍTULO VINTE E NOVE

BELA ABRIU A janela da carruagem da condessa e se inclinou para fora. O vento soprava em seus cabelos e o sol queimava seu rosto. Mas ela estava adorando.

Sua animação aumentou ainda mais quando a carruagem saiu da estreita estrada e começou a subir uma colina em direção a enormes portões. Bela havia entrado em *Nunca Mais* meia hora antes e estava vestida para uma festa ao ar livre, com um vestido azul e amarelo e um chapéu de palha decorado com fitas.

Mouchard a havia recebido.

– A madame se encontra em sua residência de veraneio esta manhã. A casa fica no extremo oeste da propriedade – ele a informou. – Ela pediu que se juntasse a ela. Preparei uma carruagem coberta, *mademoiselle*, para protegê-la do sol.

A carruagem era leve e rápida e corria pela estrada de terra que atravessava os densos bosques profundos das terras da condessa.

Sua propriedade deve ter milhares de hectares, pensou Bela, pois o percurso durou uma boa meia hora da entrada até a residência de veraneio da condessa. Ela se lembrou de que precisava ficar atenta ao tempo, pois, naquela noite, aconteceria a festa de Zip, e Bela precisava ter tempo suficiente para voltar ao castelo da Fera e ajudar a preparar tudo.

Finalmente, bosques e prados deram lugar a gramados bem cuidados e a um caminho contornado por castanheiras totalmente floridas. O caminho passava por lagoas emolduradas por salgueiros e decoradas com cisnes. Uma brisa quente soprou quando a carruagem passou pelo jardim de rosas. O veículo tirou pétalas das flores e elas enfeitaram o ar como se fossem confetes coloridos. Bela riu alto, encantada com o espetáculo.

Quando ela acreditava nunca ter visto um lugar tão lindo em toda sua vida, a residência de veraneio da condessa se fez visível. Com os olhos arregalados, ela ajeitou a postura e bateu a cabeça no vidro da janela.

O condutor entrou em um pátio flanqueado por um gramado impecável e árvores floridas. No final, uma escada curva conduzia à entrada de uma casa de dois andares, construída com pedras amarelas e adornada por duas torres redondas.

– Residência de veraneio? – Bela sussurrou, descrente. – Isso é um palácio em miniatura!

A carruagem diminuiu a velocidade quando se aproximou das escadas. Bela rapidamente ajeitou o cabelo e colocou o chapéu, amarrando as fitas sob o queixo. Mouchard, sempre atencioso, pulou do banco ao lado do condutor para ajudá-la a descer.

Quando a jovem saiu, um movimento chamou sua atenção. A condessa, que, como sempre, vestia preto, descia os degraus de pedra com a saia arrastando por eles. Seu cabelo negro estava preso em um coque frouxo. Colares de pérolas negras pendiam de seu pescoço. Quatro galgos elegantes a seguiam.

– Minha querida! – ela disse ao abraçar Bela. – Estou tão feliz em vê-la!

– Nada poderia ter me impedido de voltar, condessa – falou Bela.

– Venha – a condessa disse, agarrando a mão da moça. – Há alguém que gostaria que você conhecesse. Um amigo muito especial que acabou de chegar da Itália.

As duas mulheres subiram os degraus apressadamente. Bela logo reparou que, assim como o castelo da condessa, sua residência de veraneio também estava repleta de pessoas elegantes que se divertiam tomando chá em ambientes com uma decoração suntuosa, passeando pelos maravilhosos jardins ou relaxando nos terraços.

Mas a condessa não teve tempo de apresentar Bela a nenhum deles. Em vez disso, levou a jovem diretamente a seu escritório.

A sala tinha estantes que iam do chão ao teto nas quatro paredes. Bela ficou encantada ao ver que muitas das prateleiras tinham caixinhas de música feitas por seu pai. Esquecendo-se de que estava ali porque a condessa queria que ela conhecesse seu amigo, a jovem se aproximou de uma prateleira e pegou uma das caixinhas de música de seu pai.

Era uma miniatura de uma casa de campo. Bela nunca tinha visto aquela caixinha de música. Ele deveria tê-la feito antes de seu nascimento. Bela o imaginou trabalhando inclinado sobre sua bancada, colocando cada uma das telhas com muita atenção, e as lágrimas ameaçaram escorrer de seus olhos, como sempre acontecia quando sentia saudade do pai.

– Bela?

O chamado da condessa a fez se lembrar de onde estava. Ocultando as lágrimas e sorrindo, Bela se virou.

– Bela, gostaria de lhe apresentar o professor Armando Truffatore. Professor, esta é minha querida amiga, *mademoiselle* Bela.

Bela saudou o professor com uma discreta reverência. Quando ela se levantou, ele beijou-lhe a mão.

– O professor é da Universidade de Bolonha, uma das mais antigas da Itália – explicou a condessa. – Ele ensina os clássicos lá, e pensei que seria a pessoa *perfeita* para nos ajudar a elaborar nosso roteiro de viagem. – Ela fez uma pausa, depois prosseguiu: – Quer dizer, se ainda quiser viajar comigo, é claro.

– Sim, lógico! – afirmou a moça, tentando esquecer-se das caixinhas de música.

– Venha, *signorina* – disse o professor com um sotaque italiano encantador, gesticulando para um sofá que estava no meio da sala.

Ambos se sentaram ali. A condessa pegou uma cadeira e sentou-se diante deles.

– O lugar para começar a viagem é Roma, certamente – o professor começou. – Acho que você e a *bella contessa* devem planejar ficar na cidade por um mês, no mínimo. Então, sugiro que contratem uma carruagem e sigam para o norte, para Siena, Florença, Bolonha e Veneza...

À medida que o gentil senhor enumerava todos os pontos turísticos importantes em cada cidade, como museus, teatros, eventos, Bela escutava sem ar. Mal conseguia acreditar que logo estaria em pleno Coliseu ou caminhando pela Ponte dos Suspiros.

Aquilo tudo era quase suficiente para fazê-la esquecer-se de seu pai. Quase.

Os minutos e as horas passaram enquanto os três conversavam. Mouchard entrou no escritório trazendo sanduíches em uma bandeja de prata. O professor se serviu, mas Bela, educadamente, recusou. Ela estava tão animada com os planos de viagem que nem conseguia pensar em comer.

Completamente absorta por tudo o que o professor Truffatore lhe dizia, Bela não notou a expressão da condessa se fechar quando ela recusou a comida, e apenas pôde perceber que ela chamara Mouchard e sussurrara algo em seu ouvido antes de dispensá-lo.

Momentos depois, no entanto, Bela foi forçada a afastar sua atenção do professor diante da forte batida na porta do escritório.

Mouchard abriu a porta e entrou na sala, anunciando um visitante recém-chegado.

– Sua condessa... Henri, Duque de *Choses-Passées.*

CAPÍTULO TRINTA

– *Monsieur* Henri, meu querido! Que prazer recebê-lo mais uma vez! – exclamou a condessa.

– Condessa! – Henri disse, atravessando a sala para beijar-lhe a mão. – *Mademoiselle* Bela, que surpresa! Este é o meu dia de sorte!

Ele curvou-se para as senhoras e, então, a condessa o apresentou ao professor Truffatore.

– Gostará de saber, professor, que nosso jovem duque aqui é também um dedicado estudioso. Ele estuda na Sorbonne – disse a condessa.

Bela inclinou a cabeça, impressionada. Ela não tinha ideia de que Henri estudava na mais reconhecida universidade da França.

– Está gostando de seus estudos, *monsieur* Henri? – perguntou o professor.

Henri assentiu. Com orgulho e uma leve timidez. Bela foi tocada por sua humildade.

– *Monsieur* Henri está estudando economia e ciência – continuou a condessa. – Ele quer se tornar um melhor senhorio e ajudar seus súditos a prosperar.

– Isso é muito admirável – elogiou o professor.

– Não só isso, ele é o melhor aluno da classe – disse a condessa, com conhecimento de causa. – Jantei com um de seus professores recentemente, que me contou tudo a seu respeito.

Henri, um pouco ruborizado, olhou para o chão.

– Condessa, assim a senhora me deixa sem graça – afirmou o rapaz.

– Que absurdo, Henri! Não é necessária tanta modéstia. Eu gostaria que mais nobres seguissem seu exemplo. A maioria é esnobe e sem responsabilidade – a condessa falou desdenhosamente.

Henri riu e olhou para Bela, pedindo ajuda.

– Sente-se com a gente, *monsieur* Henri! – convidou a condessa. – Deve estar com fome após a viagem. Pedirei a Mouchard que busque algo para lhe servir.

– Eu adoraria, mas tenho receio de estar carregando muita poeira por conta do percurso na carruagem, e não quero sujar os móveis. Posso me trocar? – pediu Henri.

– Tenho uma ideia melhor. Vamos caminhar um pouco. Você pode sacudir a poeira e nós podemos esticar as pernas. – A condessa se levantou da cadeira, tomou o professor pelo braço e completou: – Vamos ao pomar. Quero mostrar-lhe meus premiados pés de pera.

Henri ofereceu a Bela seu braço e saíram da residência, chegando ao belo gramado. Bela estava feliz em vê-lo. Ele era divertido e inteligente, e era bom ter alguém de sua idade para conversar.

– Está muito elegante hoje, Bela – ele observou. – Teve uma boa manhã com a condessa?

– Obrigada, Henri. A manhã foi muito boa, ficamos planejando nossa viagem para a Itália. Estou tão animada, você nem imagina! É maravilhoso ter essa viagem para esperar ansiosamente, claro, e também... – Ela hesitou. – Bem... Isso me faz parar de pensar nas coisas.

Henri a observou, sua testa franzida com preocupação.

– O que está acontecendo, Bela? – ele perguntou.

– Nada... Nada de mais – disse Bela, desejando não ter dito as palavras que acabara de dizer e mudar o rumo da conversa.

Era tudo culpa das caixinhas de música. Elas faziam com que Bela se lembrasse do pai. E, naquele momento, ela estava desesperada para compartilhar seus sentimentos, para abrir seu coração a um amigo.

– Sabe, é que... Bem, é o meu pai. Eu... Eu não o vejo há algum tempo. E costumávamos ficar todo o tempo juntos. E eu... Oh, Henri, sinto tanta falta dele – ela disse, apertando o braço de Henri, sem conseguir dizer mais nada por causa do nó que se formara em sua garganta.

Henri tomou a mão dela nas suas.

– Não precisa explicar nada, Bela. Compreendo. Eu sei que sua vida tem sido difícil ultimamente.

Bela assentiu, grata por ele a ter ouvido e por ele estar falando, permitindo que ela não mais precisasse falar.

– Devo confessar que não vim até aqui apenas para ver a condessa. Eu estava esperando que você estivesse aqui também – ele disse. – Senti sua falta, Bela. Não é todo dia que conheço alguém capaz de declamar Hamlet em sua totalidade.

– Duvido muito disso – disse Bela, novamente no controle de suas emoções. – Você é um duque, Henri. Vive em

Paris. Aposto que tem dezenas de amigos, e aposto que são todos incrivelmente inteligentes e divertidos.

Henri olhou para o infinito.

– Sim, eles são – o duque disse com um suspiro. – Esse é o problema. Minha vida... Minha vida não tem nada além de danças e festas, cães e cavalos.

– Isso parece realmente terrível – Bela o provocou. – Como você aguenta?

Henri ficou vermelho, sorrindo timidamente.

– Pareço um reclamão, não é mesmo? Quem se queixa de festas? – Seu sorriso diminuiu. – É só que às vezes... – Sua voz se apagou.

– O quê? – perguntou Bela.

Henri a encarou.

– Às vezes é bom não ter que dizer coisas inteligentes. Às vezes é bom ter um amigo com quem possa ser eu mesmo e falar sobre coisas que realmente importam. Como Shakespeare. Ou a universidade. Ou coisas que me incomodam, como o futuro da minha propriedade.

Seu olhar era intenso e profundo, e Bela sentiu como se Henri pudesse ver dentro dela, como se pudesse ver seu coração. Como apenas o mais verdadeiro dos amigos conseguiria.

– Ou sobre o pai que você nunca mais viu – ela completou, mantendo o olhar firme no dele –, porque você mora em um castelo encantado onde neva o tempo todo com uma fera estranha e agressiva. E objetos falantes. E a rosa que morre lentamente sob uma estranha proteção de vidro.

Henri assentiu.

– Sim. Ou isso. Eu lutei muito contra isso – ele lhe assegurou.

Bela o olhou de soslaio.

– Estou falando sério, Henri.

– Eu também! – ele retrucou, mas ela não conseguia acreditar nele. – Tenho os mesmos problemas no meu castelo encantado, só que pior – ele insistiu. – O meu quarto fala. A noite toda. Dança também, muitas vezes quando estou tentando dormir, por exemplo. É muito inconveniente, posso lhe garantir.

Bela começou a rir.

– Por que eu falo com você mesmo? Você é uma péssima pessoa! – ela disse.

– É verdade, eu sou – admitiu Henri com um sorriso. – Mas consegui fazer você rir, Bela. E aprender a rir dos problemas já é meio caminho andado para conseguir resolvê-los. Você parecia tão triste um momento atrás, eu não podia suportar vê-la daquele jeito. Agora está sorrindo de novo.

O sorriso dela se intensificou. Foi tão bom compartilhar seus sentimentos com alguém que também havia compartilhado os seus. Era muito diferente daquilo que acontecera quando havia tentado conversar com a Fera, que se recusara a compartilhar seus sentimentos.

– Penso em você como uma boa amiga, Bela – afirmou Henri. – E espero que me considere seu amigo também. E os amigos estão ao lado um do outro, não importa o que aconteça, não importa se está tudo bem ou não.

– Eu o considero, sim, Henri. Obrigada.

– Bela! *Monsieur* Henri! Onde estão vocês? – gritou uma voz.

Era a condessa. Ela e o professor já estavam no pomar. Bela e Henri estavam no meio das árvores; Bela não tinha percebido o quanto haviam caminhado.

– Estamos chegando! – Henri gritou de volta.

Bela olhou para os pés de pera perfeitamente podados, com suas folhas brilhantes. Não havia um galho seco, um ponto de ferrugem, um pontinho estragado em nenhum deles. Era diferente de qualquer pomar que já havia visto. Era perfeito e adorável, como tudo em *Nunca Mais*.

Henri ofereceu-lhe a mão.

– Vamos encontrá-los. E talvez possamos comer uma pera também – disse ele. – Estou faminto.

Mas Bela hesitou.

– Henri?

– O que foi, Bela?

– É estranho este lugar... *Nunca Mais*. Você não acha?

Henri levantou uma sobrancelha.

– E a situação no castelo encantado onde vive... Aquilo é normal?

– Não muito – Bela admitiu. – Mas não é isso... – Ela gesticulou para os jardins exuberantes atrás deles, o pomar perfeito que tinham diante dos olhos. – Isso é tão bonito, tão perfeito. Perfeito demais! Às vezes me parece que não vai durar. Me parece que não pode durar. Tenho medo de tentar voltar e nada mais estar aqui. Continuo me lembrando o tempo todo de que isso aqui não é real. Mas gostaria que fosse, gostaria tanto.

– *Monsieur* Henri! Bela! Venham comer peras conosco! Apressem-se ou o professor vai acabar com todo o pomar! – a condessa disse, rindo.

Ela parecia mais distante naquele momento. Bela podia apenas vislumbrar seu vestido preto através das árvores, ao lado da elegante figura do professor.

– Estamos chegando! – Henri gritou mais uma vez. – Vamos, Bela, vamos logo. Pare de se preocupar. Você está aqui conosco. Está aqui agora mesmo. Com amigos que se preocupam com você. Nada é mais real do que isso.

E então ele correu para o pomar, gritando para a condessa que acharia a melhor e mais perfeita pera de todas.

Bela decidiu seguir o conselho de Henri. Iria parar de se preocupar. Pelo menos enquanto estivesse ali. Sorrindo, ela correu atrás de Henri, que havia saído correndo antes dela e havia desaparecido entre as árvores. Ela não conseguia encontrá-lo, assim como não conseguia encontrar a condessa, nem o professor.

Ouviu um grito exultante seguido de um riso.

– Henri? – Bela chamou. – Condessa?

Ninguém respondeu, mas ela pôde perceber certa movimentação logo à sua frente.

– Bela? Onde você está? – Henri a chamou.

– Estou aqui! – ela gritou.

– *Monsieur* Henri? Professor? Onde vocês estão? – era a vez da condessa chamar por todos.

Eles estavam perdidos no pomar.

Bela correu para as árvores, onde havia visto alguém se mover. Ela logo descobriu que era uma mulher, mas não a condessa. A mulher trazia uma cesta no braço. Usava um vestido de linho branco com um avental da mesma cor. Na cabeça, tinha um chapéu de palha simples. Na mão, uma tesoura prateada de jardinagem. Enquanto Bela a observava, a mulher cortou o galho onde estava uma pera, que colocou em sua cesta.

Deve ser uma das criadas da condessa, pensou Bela. *Provavelmente está escolhendo peras para o cozinheiro.*

– Olá! – Bela disse, aproximando-se.

A criada se virou. Ergueu o rosto e fitou Bela.

Bela se assustou e tropeçou, afastando-se, com os punhos apertados.

Vestido branco. Cabelos prateados. Pele escura.

Era a louca.

CAPÍTULO TRINTA E UM

– Bela? Querida, onde você está? – gritou a condessa.

– Estou aqui, condessa! – Bela gritou de volta, seus olhos fixos na louca... E nas tesouras afiadas que ela segurava. – Ela está perto – avisou Bela. – Estão todos nas proximidades. Se eu gritar, virão correndo.

A louca lançou um olhar cauteloso na direção de onde havia vindo a voz da condessa e depois colocou um dedo nos lábios, indicando que Bela fizesse silêncio. A jovem respirou fundo, não sabia se deveria ficar onde estava ou correr. Se decidisse correr, teria que virar as costas para a louca, algo que não lhe parecia muito inteligente, ainda mais considerando que ela segurava uma tesoura afiada.

A louca parou. Estendeu a cesta na direção de Bela e a colocou no chão.

– Olha, meu bem! – ela pediu.

Bela olhou dentro da cesta, esperando ver peras recém-colhidas. Em vez disso, viu romãs.

Com um arrepio, lembrou-se de que as romãs eram o alimento dos mortos. Hades havia enganado Perséfone para que ela as comesse e, depois, pudesse mantê-la com ele no submundo.

– Bela? Você já experimentou uma pera? – A voz da condessa foi ouvida, bem alta. Ela estava mais perto.

A louca lançou outro olhar, dessa vez nervoso, na direção da condessa. Ela ainda segurava sua tesoura de prata. De repente, agarrou Bela, que não teve tempo de gritar.

Mas, em vez de perfurá-la, como Bela temia, a louca colocou a tesoura na mão de Bela, fazendo com que a jovem a segurasse com firmeza.

– Fique com isso! Não deixe que ninguém veja! – ela insistiu com seus olhos grandes.

Bela ficou paralisada.

– Você me ouviu, menina? Coloque a tesoura no bolso! – exigiu a louca.

Bela, assustada, fez o que a mulher lhe disse.

A louca recuou, indicou novamente que Bela ficasse em silêncio, olhou na direção da condessa, que se aproximava, e uma última vez para Bela, com profunda tristeza. Então, se virou e saiu correndo dali.

A mulher desapareceu através das árvores como a névoa da manhã, e Bela, que ainda estava com a respiração presa, finalmente soltou o ar.

CAPÍTULO TRINTA E DOIS

– Aí ESTÁ VOCÊ! – disse a condessa a Bela. Henri estava com ela. – Minha querida, como está corada! Aconteceu algo de errado por aqui?

– Não – afirmou a jovem, forçando um sorriso. – Nada mesmo. Eu fui... Eu estava correndo e fiquei um pouco sem ar, só isso.

Bela surpreendeu-se com a própria resposta. Estava prestes a contar à condessa o ocorrido com a louca, mas a lembrança dos olhos daquela mulher, a desesperada tristeza que eles haviam lhe transmitido, a deteve. A louca segurara um dedo nos lábios pedindo silêncio. Ela não queria que a condessa soubesse de sua presença.

Por quê? E por que ela entregara a tesoura para Bela e lhe pedira que a escondesse? Por que havia roubado o chapéu cheio de moedas do menino no *Palais-Royal*?

– *Monsieur* Henri, foi rápido demais para Bela! – a condessa o repreendeu. – Ela é uma jovem dama, não um cavalo de corrida!

No entanto, Henri não ouviu a condessa, pois se concentrava em uma árvore. O professor se juntou a ele, e ambos se maravilharam com seus ramos fortemente carregados envergados com o peso de centenas de peras douradas, com um leve rubor rosado. O perfume das frutas, com suas notas ricas de baunilha e mel, era intoxicante.

– Vou encontrar a pera perfeita para você, Bela – prometeu Henri.

A cesta da louca estava no chão, onde a deixara. Bela observou seu conteúdo novamente: estava cheia de peras, não de romãs.

Será que estou ficando louca também?, ela se perguntou.

– Aqui está!

Era Henri, que estava ao seu lado agora, oferecendo-lhe uma pera incrivelmente perfeita.

Bela pegou. As criaturas da louca a haviam advertido a respeito de comer qualquer coisa em *Nunca Mais*. No entanto, ela tinha comido um doce no baile, e outro no *Palais-Royal*, e estava muito bem, obrigada. Nada havia acontecido com ela. Também a tinham alertado em relação a deixar suas coisas em *Nunca Mais*, mas ela não havia deixado nada ali.

– Experimente, Bela, são deliciosas – afirmou a condessa, juntando-se a eles. – Eu mesma cultivei essas árvores. Cuido delas desde que eram pequenas mudas.

Bela observou a pera, tão pesada, tão perfeita, tão sedutora.

– Você *precisa* experimentar uma, Bela! Nunca provou nada tão delicioso – disse o professor, deliciando-se com uma fruta. – Esta já é minha segunda!

– Na verdade, essa é sua quarta, professor! – lembrou a condessa, rindo enquanto o suco corria pelo queixo do acadêmico.

Bela olhou para Henri.

– Eu começo se você quiser – ele disse, um desafio em seu olhar.

Ele é meu amigo, pensou Bela. *Não me encorajaria a fazer nada perigoso.*

Ambos morderam ao mesmo tempo. A suculenta pera estava divinamente doce. A princípio, Bela adorou o sabor da fruta, mas logo ela perdeu a cor, e o perfume do pomar ficou diferente.

– O que acha? Eu estou certa, não é mesmo? Elas são magníficas. Diga-me, Bela, já havia provado algo assim?

– Nunca, condessa – respondeu Bela sem querer ser rude.

Bela se obrigou a terminar a pera e jogou o miolo na grama. Henri pegou mais uma e comeu, mas ela não conseguiu.

Enquanto observava Henri, a condessa e o professor se deliciando com suas peras, um cansaço repentino recaiu sobre a moça. Suas pernas ficaram pesadas; sua mente, confusa. Ela sentia como se pudesse se deitar debaixo de uma das árvores e dormir para sempre.

Teria sido a pera que a fizera se sentir assim? Ela tentou recordar as palavras do besouro. Tinha sido um aviso, mas ela não conseguia se lembrar. Algo comido, algo perdido? Era isso? Ou não foi comido e não foi perdido? Será que aquilo realmente importava? Pensar era tão difícil, tão cansativo. É muito mais fácil quando os outros o fazem por você.

– Minha querida Bela, você parece absolutamente exausta. Gostaria de descansar um pouco? – perguntou a condessa.

Bela disse que sim. Professor Truffatore, que evidentemente não estava cansado, declarou que desejava ver as macieiras da condessa. Decidiu-se que Henri o acompanharia e que a condessa levaria Bela de volta à residência de veraneio para mostrar-lhe uma sala onde poderia se deitar por um momento.

– Acho que também vou descansar – disse a condessa, quando ela e Bela saíram do pomar. – Um cochilo antes do jantar parece uma excelente ideia.

Jantar!

O coração de Bela acelerou e ela, repentinamente, despertou. A festa de Zip! A festa aconteceria logo depois do jantar, naquela mesma noite.

E ela havia se esquecido completamente disso.

CAPÍTULO TRINTA E TRÊS

– Senhora condessa – Bela disse, entrando em pânico –, peço que me perdoe, mas tenho que ir embora imediatamente!

Bela havia prometido estar presente na festa de Zip. A decoração, que ela mesma havia preparado, já estava com Madame Samovar desde o início do dia, mas ela deveria ajudar a pendurá-las. Seria possível voltar a tempo ou já seria tarde demais? Há quanto tempo ela estaria em *Nunca Mais*?

– Ir embora? E qual seria o motivo? – perguntou a condessa consternada.

Bela explicou.

Quando terminou, a condessa a encarou firmemente.

– Entendo. Você tem que ir à festa de uma peça de porcelana sendo que poderia ficar aqui com seus amigos. Seus *verdadeiros* amigos.

– Zip também é meu amigo. E sua mãe, também. Eles ficarão com o coração partido se eu não estiver lá. Por favor, entenda, condessa. Devo isso a eles.

– Que absurdo! – a condessa disse com veemência. – Você não deve nada a ninguém no castelo da Fera!

Havia um tom de raiva em sua voz que Bela nunca tinha ouvido antes. Aquilo a assustou. Mas a raiva desapareceu tão rápido quanto havia surgido.

– Perdoe-me, querida – desculpou-se a condessa, de forma delicada. – Minha emoção me tira o equilíbrio. Não posso suportar ver uma jovem sentir-se obrigada a algo, ou alguém querido por ela... Um velho amigo triste. – Ela parou de repente, como se tivesse dito demais. – Mouchard! – ela berrou, fazendo um gesto para o criado. – Prepare uma carruagem para *mademoiselle* Bela.

Algo nas palavras da condessa haviam tocado Bela.

– Perdoe-me, condessa, mas a que se referia quando mencionou um velho amigo? – ela indagou.

– Não é nada – a condessa se esquivou, acenando para que Bela não se preocupasse.

Contudo, Bela não desistiria, pois sabia que a jovem obrigada a algo era ela mesma, mas o querido e velho amigo a estava incomodando. Havia alguém que era amigo da condessa e que também era querido por Bela.

– Condessa, estava falando de meu pai, não estava? – perguntou Bela, o medo a dominando. – Se há algo errado com ele, a senhora deve me dizer. Por favor.

A condessa soltou um suspiro perturbado.

– Muito bem. Seu pai e eu... Nós nos conhecemos há algum tempo. Não o via há séculos, mas fui visitá-lo ontem. Eu estava preocupada.

Os olhos de Bela se arregalaram.

– Viu meu pai? – ela quis saber, sua voz mais baixa que um sussurro. – Como ele está?

A condessa colocou uma mão firme no braço de Bela.

– Ele está velho, Bela. Está mais lento. Um pouco confuso, às vezes. É a tristeza, eu acredito. E a culpa. Culpa pelo fato de você ter ocupado seu lugar no castelo da Fera. É isso que está consumindo sua vida.

Bela não era de chorar facilmente, mas, diante das palavras da condessa, as lágrimas começaram a brotar em seus olhos.

– Se eu pudesse fazer alguma coisa – ela disse aflita.

– Acalme-se, meu bem. Não chore. Eu não teria dito nada disso se não achasse que houvesse uma maneira de ajudá-lo – disse a condessa.

Bela apertou a mão da condessa com o coração cheio de esperança:

– E como podemos ajudá-lo?

– Pretendo trazer seu pai para *Nunca Mais*.

CAPÍTULO TRINTA E QUATRO

Bela não podia acreditar no que acabara de ouvir.

– Madame – ela disse, a voz ainda muito baixa. – A senhora poderia fazer isso? A senhora poderia trazer meu pai para cá?

– Posso tentar. Na verdade, eu tenho tentado, mas ainda não consegui. Meus poderes são fortes, Bela, mas não são ilimitados.

– Mas você me trouxe aqui – afirmou a jovem, uma nota de súplica em sua voz.

Bela já havia aceitado o fato de que nunca mais veria seu querido pai, mas agora a condessa estava lhe dizendo que havia uma chance, e Bela queria essa chance, mais do que já quisera qualquer coisa na vida.

– Sim, eu trouxe você para cá – a condessa concordou. – Mas isso porque a mágica existente no castelo da Fera aumenta a minha própria magia e possibilita que você entre e saia deste mundo através de um livro encantado. Mas Villeneuve... – Ela sorriu. – Bem, digamos que não há muita magia naquele lugar.

A expressão de Bela murchou.

– Não perca as esperanças, meu bem. Vou continuar tentando.

– Eu ficaria tão agradecida se pudesse ver meu pai mais uma vez, condessa. Isso significaria o mundo para mim.

– Quero que faça mais do que apenas vê-lo, querida.

Bela observou-a, confusa.

– Quero que você e seu pai fiquem aqui. Comigo. Para sempre.

– Mas isso é impossível. *Nunca Mais* não é real.

– Há uma maneira para que *Nunca Mais* possa ser real. Confie em mim. Deixe-me ser a autora da sua história no lugar da Fera, Bela.

Bela sentiu um denso desespero diante daquelas palavras. Ela queria muito o que a condessa lhe estava oferecendo, mas sabia que não era uma proposta possível:

– Mesmo se *Nunca Mais* pudesse se tornar uma realidade, eu ainda não poderia ficar aqui para sempre. Troquei minha liberdade pela de meu pai. O que está feito não pode ser desfeito.

A condessa segurou o rosto de Bela.

– Não tenha tanta certeza assim, minha querida. Eu já desfiz muitas e muitas coisas.

Havia uma leve fúria em sua voz que fez Bela gelar, mas que, ao mesmo tempo, lhe deu determinação. Talvez houvesse uma maneira para ela viver em *Nunca Mais* ao lado de seu pai. Queria muito acreditar nessa possibilidade.

Como se pudesse ler os pensamentos da jovem, a condessa acrescentou:

– Acredite em mim, Bela.

A jovem assentiu:

– Eu vou acreditar, condessa.

– Vai? – indagou a mulher, arqueando uma sobrancelha.

– Eu acredito – assegurou Bela com um sorriso.

A condessa sorriu de volta e Bela a abraçou e agradeceu antes de descer correndo os degraus até a carruagem que a esperava. Mouchard a ajudou a entrar e, depois, fechou a porta. O motorista estalou o chicote e os cavalos logo começaram a trotar. Meia hora depois, Bela estava de volta ao castelo da condessa.

A expressão de Mouchard, como sempre, era tão sombria quanto uma lápide. Enquanto a ajudava a sair da carruagem, ele acenou com a cabeça, fechou a porta e voltou a se sentar. A carruagem seguiu em direção aos estábulos. O anoitecer havia caído durante o caminho de volta, e Bela ficara ali, sozinha, dessa vez sem nem ao menos uma vela para iluminar o caminho.

Enquanto seus olhos se ajustavam à escuridão, seguiu mais uma vez o caminho até o portal. As árvores de teixo haviam crescido ainda mais durante as poucas horas em que estivera ali. Elas formavam corredores estreitos que criavam labirintos. As raízes onduladas, irregulares, serpenteavam pelo chão e forçavam Bela a caminhar com extremo cuidado.

Ela estava passando por uma dessas raízes quando ouviu um ruído.

Assustadíssima, a jovem acelerou o passo e tentou dizer a si mesma que era apenas um rato ou alguma outra pequena criatura noturna que passava por ali. No entanto, o ruído foi ficando cada vez mais forte e mais próximo. Ela parou e prendeu a respiração para poder ouvir melhor. Então, perguntou, morrendo de medo:

– Olá? Quem está aí?

O ruído não parecia vir de trás, nem da sua frente. Ele parecia a estar rodeando.

O medo ficou ainda mais intenso quando ela percebeu que o ruído era o som de ramos e galhos, folhas e espinhos. As roseiras, os teixos... Estavam crescendo tão rápido que ela podia escutá-los.

Rápido!, uma voz dentro dela gritou. *Preciso chegar até o livro!*

Desesperada, Bela começou a correr rumo ao livro. Então, algo agarrou seu pé. A dor subiu por sua perna. Ela caiu para a frente, batendo com força no chão.

Bela olhou para seu pé, aterrorizada com o que estava prestes a descobrir: uma raiz da árvore dava a volta em torno de seu tornozelo, como um tentáculo de monstro. Ela usou o outro pé para chutar a raiz e ela se encolheu de volta ao chão, deixando Bela livre. Sua perna doía, e por isso tentou se arrastar, mas os espinhos se engancharam em sua roupa. Ela puxou o braço com força, rasgando a manga do vestido, e voltou a correr rumo ao livro, desesperada para passar por suas páginas e voltar para a segurança do castelo da Fera.

A prata cintilante das páginas do livro fez Bela se lembrar de uma lagoa no inverno, não totalmente sólida nem totalmente líquida. Ela atravessou o portal e voltou para o pequeno escritório anexo à biblioteca com a respiração ofegante.

Bela virou-se e viu o livro se aproximando dela por trás. Suas mãos tremiam, ela o fechou e recuou. Os ramos espinhosos, as raízes torcidas, Bela tinha receio de que tudo aquilo pudesse sair das páginas de *Nunca Mais* depois dela, mas o livro simplesmente encolheu e voltou ao seu tamanho normal. Então, Bela o escondeu na gaveta da mesa, mais uma vez.

Ao fechar a gaveta, fortes batidas a assustaram. As batidas vinham das portas da entrada principal da biblioteca.

– Já vou! – ela gritou, saindo do escritório.

– Aí está você, Bela! – disse Lumière, quando ela abriu as portas da biblioteca. – Está pronta? O jantar está prestes a ser servido e... Meu Deus, como está escuro aqui! Como consegue ver alguma coisa?

Ele caminhou até um candelabro alto que estava sobre uma mesa e acendeu as velas.

– Agora, sim, bem melhor! Ouça, Bela... O mestre também vai participar da surpresa. O jantar está quase pronto. Você precisa ver o bolo que Cuisinier preparou! Estava indo para... Bela? – Ele fez uma pausa novamente, olhando-a de perto. – Aconteceu alguma coisa? – ele perguntou, suas chamas queimando. – Parece que viu um fantasma.

Bela forçou um sorriso.

– As batidas na porta me assustaram, só isso. Vai ficar tudo bem, Lumière. Eu só preciso trocar de roupa.

Lumière assentiu e explicou o resto do plano para Bela, depois se afastou da biblioteca e desceu as escadas. Ao fazê-lo, Bela apertou uma mão no peito, tentando acalmar seu coração, que ainda batia acelerado.

A caminhada do castelo até o portal a havia assustado muito. Os ramos e as raízes... Era como se quisessem envolver-se nela e puxá-la para onde ninguém pudesse ver sua luta ou ouvir seus gritos.

– Pare com isso – falou para si mesma. – Está sendo boba. As plantas apenas estavam um pouco grandes, só isso. Você é que deixou sua imaginação ir longe e se assustou. Foi só isso.

Mas Bela sabia que não era verdade.

– *Nunca Mais* me quer – sussurrou. – *Nunca Mais* quer que eu fique lá.

O pensamento a assustou.

Mas o que a assustou ainda mais foi o quanto ela também queria *Nunca Mais*.

CAPÍTULO TRINTA E CINCO

HENRI ESTAVA EM uma janela do escritório de Morte, observando as belas rosas que cresciam do lado de fora.

Professor Truffatore estava sentado no sofá de couro, com um livro aberto no colo e uma pera na mão.

Em todo o escritório – nas estantes de livros, no topo das mesas, em todos os cantos –, havia abutres empoleirados. Um deles descansava sobre o antebraço de Morte, que caminhava pelo ambiente. As poderosas garras do animal agarravam sua carne com força.

– É pior do que eu pensava, Mouchard. Bela realmente se importa com essa pequena xícara de chá. Tanto é que deixou *Nunca Mais* para ir à sua festa! – disse Morte, acariciando as penas negras do pássaro. – Ela tem sentimentos por todos os criados daquele castelo. E até pela Fera. Tenta ficar amiga dele, não importa quão mal ele se comporte. E ele também tenta! Um dia, pode ser que acabem conseguindo.

O abutre virou os olhos claros para Morte e gritou.

– Eu sei, Mouchard, eu sei. Não pode ser assim. De modo algum – Morte disse, acariciando a cabeça calva do pássaro. – Esta é minha última jogada, meu trunfo, e tem que funcionar. Bela está começando a questionar *Nunca Mais*. Posso ver isso em seus olhos. Mas ela deseja mais do que tudo estar com seu pai. Seu coração vai falar mais alto que qualquer dúvida que tenha. Ao menos por um tempo, mas não para sempre.

Um abutre empoleirado na mesa esticou suas asas e gritou.

– Você está certo, Truqué. Ela está quase presa a *Nunca Mais*. Se tudo correr bem, só mais uma visita e conseguiremos completar o feitiço. – Morte sorriu maliciosamente. – E, então, serei a ganhadora da aposta.

Acenando com a mão livre, ela convocou todo o seu rebanho.

– Venham, meus queridos. Temos trabalho a fazer.

Mouchard voou de seu braço e Truqué, da mesa. Morte deixou a sala com um redemoinho de sua saia de seda preta, seus abutres batendo asas atrás dela.

O professor permaneceu no sofá de couro.

E Henri continuou a olhar pela janela. Absoluta e impossivelmente imóvel.

CAPÍTULO TRINTA E SEIS

– ELE JÁ ESTÁ chegando? Ainda não voltou, não é mesmo? – Madame Samovar sussurrava.

– Não se preocupe, Madame Samovar. Ele não está por perto – disse Bela, espiando pela janela de cozinha.

– Está tudo pronto?

– Sim – assegurou Bela. – Assim que o vir, corro para a sala de jantar para avisar a todos, como combinamos.

Bela tinha descido para jantar. Ela e a Fera comeram sua refeição na sala de jantar, como faziam na maioria das noites. No entanto, dessa vez, tinham comido mais rápido. Fera estava muito animado com a festa de Zip para se demorar no delicioso prato preparado por Cuisinier.

Assim que terminaram com a louça, Madame Samovar pediu ao filho para verificar se as portas dos estábulos e do galinheiro estavam trancadas. No momento em que ele saiu da cozinha, ela foi até a sala de jantar para dar o sinal. Todos entraram em ação.

A Fera rapidamente pendurou as guirlandas coloridas, que Bela tinha feito, em todo o cômodo. Uma das guirlandas dizia FELIZ ANIVERSÁRIO, ZIP!

Chapeau pegou o bolo de aniversário, que estava escondido em um armário de cozinha, e o levou para a mesa da sala de jantar. Lumière o seguiu, carregando pratos e talheres. Bela foi a responsável por levar os presentes, que estavam guardados no armário da copa.

– Ele está voltando! – ela avisou a todos.

Bela correu para fora da cozinha e entrou na sala de jantar, fechando a porta, então, pressionou a orelha no buraco da fechadura.

Zip entrou na cozinha, sacudindo a neve.

– O celeiro está seguro? Não há predadores no galinheiro? – perguntou Madame Samovar.

– Tudo está trancado – disse Zip. Ele olhou em volta e reparou que a cozinha estava vazia. – Onde estão todos, mamãe? – perguntou.

– Todos já se recolheram. Acho que estavam muito cansados. Por isso me ofereci para cuidar de tudo. Por quê, meu amor? Alguma coisa em especial?

– Eu pensei... – Zip começou. – Bem, como é meu aniversário, pensei que todos pudéssemos... Oh, não importa – ele disse chateado.

Madame Samovar sorriu para o filho.

– Os adultos nem sempre se lembram do aniversário das crianças. Mas você e eu podemos ficar acordados e celebrar com boas histórias ao pé da lareira, não podemos?

Zip assentiu e abriu um sorriso. Era uma criança muito boa para reclamar ou arranjar problemas.

– Antes disso, meu querido – Madame Samovar continuou –, poderia ir até a sala de jantar e conferir se não sobrou nenhum prato lá, por favor?

– Sim, mamãe.

Bela olhava pelo buraco da fechadura e viu que Zip se aproximava. Froufrou estava logo atrás dele. Zip não sabia disso, mas sua mãe também o seguia.

Bela afastou-se da porta.

– Ele está vindo! – ela sussurrou, juntando-se aos outros, que estavam ao lado do bolo.

Lumière acendeu rapidamente as velas. Terminou ao mesmo tempo em que Zip abriu a porta.

– Surpresa! – todos gritaram.

O olhar de absoluta felicidade no rosto da pequena xícara iluminou a sala.

– Feliz aniversário, Zip! – gritou Lumière, e toda a sala explodiu e começou a cantar parabéns a você.

Quando terminaram, Horloge disse:

– Agora venha, jovem, e apague as velas antes que elas coloquem fogo nas cortinas e em todo o castelo!

– Faça um desejo antes! – disse Madame Samovar, lançando um olhar para Horloge.

Zip fechou os olhos. Pensou por alguns segundos e disse:

– Desejo sempre ter minha mãe, Bela, meus outros amigos e o mestre perto de mim. E ser sempre tão feliz quanto estou agora! – Então, soprou as velas com força.

Todos aplaudiram e sorriram diante das palavras do pequeno, mas Bela pôde perceber uma pitada de tristeza por trás dos sorrisos. Era como se o desejo do garoto trouxesse pensamentos de tempos mais felizes, tempos dos quais ele não conseguia se lembrar, já que era muito jovem.

A fumaça das velas de aniversário já apagadas se elevava no ar. Lumière bateu as mãos como se para dissipar as tristes lembranças.

– Muito bem! Eu acho que vejo um ou dois presentes logo ali! – ele disse.

Com alegria, Zip mergulhou na pilha de pacotes.

Havia uma colcha bem quentinha que Madame Samovar havia feito e um gorro que Bela costurara no dia anterior. Froufrou contribuiu com um osso bem mastigado, meio congelado, que havia retirado de um buraco no quintal frio. Lumière e Horloge deram acessórios de piratas, incluindo um chapéu e um lenço vermelho que haviam encontrado no sótão. Plumette deu uma argola dourada, que pendurou na alça da pequena xícara.

E, da Fera, Zip ganhou um baú de madeira lindamente esculpido com fivelas e dobradiças de bronze.

– O que há dentro do baú, mestre? – perguntou Zip, muito animado.

– Abra e veja você mesmo – respondeu a Fera, sorrindo.

Chapeau ajudou a abrir a pesada tampa. Todos ficaram em silêncio por um momento e, juntos, soltaram um "Oh!" quando viram o que o baú continha: magníficas miniaturas de navios. Eram cinco navios de guerra totalmente equipados, quatro navios mercantes e seis bergantins que ostentavam a caveira e os ossos cruzados. Também havia oficiais, marinheiros e piratas, e um enorme mapa-múndi pintado à mão em uma tela de linho, para comandar e guiar as embarcações.

– Não é divertido ser um pirata sem alguns navios mercantes para saquear e alguns navios de guerra para ultrapassar – explicou a Fera.

Zip, olhando para o baú e tudo o que havia ali dentro, ficou sem palavras.

– Zip, tenha modos! – Madame Samovar sussurrou para o filho.

A xícara olhou para a Fera e disse:

– Obrigado, mestre! Oh, muito obrigado!

– Não há de quê, rapaz.

– Eles são tão bonitos. De onde vieram? – perguntou Zip.

– Eles eram meus. Passei muitas horas felizes brincando com eles quando criança. Há muito tempo. Espero que também se divirta.

Bela cortou fatias do bolo para ela e para a Fera, e Madame Samovar serviu duas xícaras de chá. Somente Bela e a Fera comeram. Os criados, transformados em objetos por conta do feitiço que havia no castelo, não precisavam de comida.

A Fera viu Zip e Horloge puxando o mapa e colocando-o no chão, com os navios posicionados sobre ele. Lumière e Plumette assistiam a tudo, rindo, enquanto os dois se lançavam em uma batalha barulhenta. Zip comandava os bergantins e Horloge, os navios de guerra.

– Isso aqui me lembra do tempo em que os homens da cavalaria assistiam da costa à marinha francesa, que contava com o Almirante Hawke, na Batalha da Baía de Quiberon durante a Guerra dos Sete Anos! – declarou Horloge.

– É absolutamente fascinante, Horloge – disse Lumière. – Agora, fique atento, antes que Zip exploda seus navios!

Enquanto Bela comia seu pedaço de bolo, Madame Samovar se aproximou.

– Obrigada, Bela. Muito obrigada por fazê-lo tão feliz.

– Não foi nada, Madame Samovar. De verdade.

– Para o meu filho e para mim, é muito – disse Madame Samovar, enchendo novamente as xícaras de chá.

Sem que Bela percebesse, a Fera havia ouvido sua conversa com Madame Samovar. Ele inclinou a cabeça, depois pediu licença e saiu. Bela, que estava se virando para colocar o prato vazio sobre a mesa, não o viu partir. Não o viu parar na porta e olhar para trás, para Zip e Madame Samovar, com um olhar de angústia.

Horloge e Zip continuaram a brincar de batalha naval. Chapeau limpava os pratos, Froufrou estava deitado diante da lareira. E Lumière e Plumette olhavam um para o outro. Pouco tempo depois, Madame Samovar disse que estava ficando tarde, e Zip agradeceu antes de sua mãe colocá-lo para dormir. Plumette e Horloge limparam tudo enquanto Bela colocava os navios de volta no baú.

Quando estava dobrando o mapa, Bela percebeu que a Fera havia desaparecido. A decepção tomou conta dela. Ela estava ansiosa para conversar com ele sobre a festa, falar sobre o presente maravilhoso que ele havia dado a Zip, perguntar se tinha gostado do bolo, enfim, comentar o evento que acabara de terminar, como os amigos costumam fazer. Mas ele havia partido. *Outra vez.*

– Que festa adorável – disse Lumière enquanto fechava a tampa do baú. Então olhou nos olhos de Bela e disse: – E foi tudo graças a você, Bela. Você traz brilho e esperança para este castelo sombrio. Não só para Zip, embora ele a ame muito, mas para todos nós.

– Para a *maioria* de vocês, você quer dizer – Bela disse tristemente. – Tenho certeza de que a Fera não sente que eu traga brilho, esperança ou qualquer outra coisa para este castelo.

– Bela, não é verdade! – disse Lumière com fervor. – Sua amizade significa muito para ele. Sei o que estou dizendo.

Bela sacudiu a cabeça. Pensou na condessa e em Henri, e no convívio agradável que tinha com eles.

– Mas os amigos conversam, Lumière – ela disse. – Compartilham confidências. Confiam uns nos outros, mesmo quando se trata de coisas difíceis. Aliás, especialmente quando se trata de coisas difíceis.

– Às vezes, Bela, nossos problemas são profundos demais para as palavras – disse Lumière. – E é em momentos assim que mais precisamos de nossos amigos.

– Lumière! Pode vir aqui? Chapeau abriu a porta da cozinha e o vento apagou todas as velas. Nós precisamos de você para acendê-las novamente! – Era Plumette, chamando da cozinha.

– Nunca temos um momento sem emoção por aqui, Bela. Boa noite.

– Boa noite, Lumière.

Bela saiu da sala de jantar e subiu as escadas para o seu quarto. Lavou o rosto, escovou os dentes e colocou a camisola. Mas, em vez de se deitar na cama, sentou-se no banco ao lado da janela e ficou observando a noite nevada.

Nunca havia se sentido tão triste.

Lumière havia dito que Zip e os outros gostavam dela, que ela os fazia felizes. Também disse que até a Fera apreciava sua amizade e precisava dela. Mas como aquilo poderia fazer sentido? Tudo o que ela fazia o deixava ainda mais irritado ou triste. Quantas vezes ele tinha ido embora quando uma conversa tomava um rumo que não o agradava? Quantas vezes ela havia lhe pedido resposta sem obter nenhuma explicação para suas perguntas?

A Fera era uma criatura cheia de tristeza, assombrada por uma dor que Bela não entendia e não conhecia. A vida com ele era como o inverno sem fim que se podia ver do lado de fora das janelas do castelo, sem esperança de primavera.

Nunca Mais lhe prometia um verão eterno. As pessoas ali eram fascinantes. A vida era linda. Tudo era lindo. A condessa e Henri estavam lá, assim como o professor, e eles, claramente, queriam o melhor para ela.

E se a magia da condessa fosse bem-sucedida, seu pai também estaria lá. E ele precisava dela mais do que qualquer um.

A jovem observou a neve cair, os pesados flocos brancos flutuando pela escura noite.

Se deixasse o castelo da Fera, se a condessa encontrasse uma saída para ela, Bela sabia que partiria o coração de Zip e de Madame Samovar. Talvez também deixasse os outros criados de coração partido. Talvez até Fera ficasse chateado.

Contudo, se permanecesse ali e perdesse a chance de se reencontrar com o pai, estaria acabando com a própria felicidade.

– O que eu faço? – sussurrou para a escuridão.

Mas a escuridão não lhe respondeu.

CAPÍTULO TRINTA E SETE

Horloge, segurando uma concha de madeira, servia a aveia matinal para Bela e para a Fera.

Quando ele se inclinou em direção a jovem, sua mão, trêmula, endureceu.

– Oh, céus. Oh, senhor – ele disse. – Uma engrenagem emperrou. Preciso de óleo.

Lumière ergueu os olhos da lareira, onde tentava se aquecer.

Chapeau correu para ajudar Horloge, afrouxou e tirou uma porca, limpando a peça antes de colocá-la de volta.

– Ah! Muito melhor. Obrigado, meu velho amigo – agradeceu Horloge.

Ao ajeitar-se para continuar com seus afazeres e retomar seus deveres, um rangido horrível foi ouvido. Ele soltou um gemido e suas mãos foram rapidamente para a parte inferior das costas. Preocupado, a Fera olhou primeiro para Horloge e, logo na sequência, para Lumière. Esperava que Lumière fizesse algum comentário provocador. Em vez disso, viu um olhar de profunda tristeza. Aquilo partiu seu coração.

As coisas pioravam a cada dia para seus criados, ele podia perceber. Em breve, seus movimentos se tornariam ainda mais rígidos, então, sua capacidade de se mover e de falar cessaria. A luz abandonaria seus olhos. Eles se tornariam candelabros, relógios e chaleiras sem vida... para sempre.

– Se puder nos dar licença por um instante, mestre – pediu Lumière.

– Um velho ferimento de guerra – disse Horloge, desculpando-se. – Adquirido durante a Batalha de Hastenbeck, ao lado de meu velho amigo, general Chevert. Deveríamos ter expulsado os hanoverianos, sabe como é, mas os malditos estavam a cavalo...

– Ah, é mesmo? – disse Lumière. – Entre na cozinha, *mon ami.* Tenho certeza de que Cuisinier está morrendo de vontade de ouvir tudo sobre essa sua aventura...

A Fera observou Horloge se apoiar no braço protetor de Lumière, que estava ao seu lado e, depois, observou Bela, para ver se ela notara a situação. Mas ela não tinha se dado conta de nada; apenas olhava para seu prato de aveia. Ela não comia, apenas mexia a colher pelo prato.

Normalmente, a angústia de qualquer um deles teria tirado Bela da apatia em que se encontrava. Naquela manhã, no entanto, ela parecia cada vez mais absorta em seu mundo particular. Algo estava errado, muito errado, e Fera podia sentir isso.

– Por que não está comendo, Bela? Não está se sentindo bem? – ele perguntou.

– Estou bem, sim, obrigada. Apenas não estou com muita fome – respondeu, abrindo um falso sorriso. Ela apoiou a colher no prato. – Não dormi bem essa noite. Na verdade, se me der licença, acho que vou me retirar.

A Fera levantou uma sobrancelha, intrigado.

– Aonde você vai?

– Vou para a biblioteca.

– Gostaria de dar um passeio pelos jardins? O ar fresco vai devolver alguma cor às suas bochechas. Você está tão pálida hoje. Certamente notou.

– E como eu poderia ter notado? Não há nenhum espelho por aqui.

– Verdade.

– Você quebrou todos.

A Fera limpou a garganta.

– Também é verdade. Posso fazer uma confissão? Eu, particularmente, gosto mais de livros do que de espelhos – acrescentou ele, tentando aliviar o clima tenso. – Os espelhos apenas nos mostram o que somos. Os livros nos mostram o que podemos ser.

– Concordo plenamente. É por isso que vou para a biblioteca – afirmou a moça.

– Mas Bela, os criados… Eles me disseram que você passa o dia todo lá. Não acredita que talvez fosse importante um pouco de equilíbrio? Pode transformar um hobby em fuga sem nem mesmo perceber. Os livros são uma coisa maravilhosa, mas você não pode viver a história de outra pessoa. Tem de viver sua própria história.

Bela o fitou com um olhar que expressava profunda dor, e suas palavras partiram o coração da Fera pela segunda vez naquela manhã.

– Mas e se não gosta da sua história? O que deve fazer?

CAPÍTULO TRINTA E OITO

Bela esperou por uma resposta da Fera.

Mas, como de costume, a resposta não veio. Ele colocou a colher sobre a mesa, seu olhar profundo, mas não disse uma palavra sequer.

A moça sentiu uma frustração familiar surgir e disse a si mesma que a falta de vontade da Fera em falar com ela logo não importaria, afinal, ela iria para *Nunca Mais* em breve e era bem possível que não voltasse.

Mas, enquanto estava sentada, olhando para aquela criatura de quem tanto tentara ser amiga, Bela decidiu que havia algo que gostaria de dizer a ele antes de partir.

– Sabe, tem uma pergunta que me assombra mais do que todas as outras. Você se lembra daquela noite em que me encontrou na ala oeste? Depois de ter dito que eu não podia ir lá?

A Fera desviou o olhar dos olhos de Bela e virou-se para a janela. Estava nevando. Como sempre. O vento soprou, fazendo os flocos rodopiarem pelas torres do castelo.

– A noite em que você fugiu? – ele completou. – E quase foi morta por uma alcateia de lobos? Aquela noite? Sim, acho que me lembro.

– Os lobos quase mataram você também. Conseguiu vencê-los, mas eles o feriram gravemente. Você ficou caído na neve. Philippe e eu o trouxemos de volta ao castelo.

– Sei muito bem disso, Bela. Tenho cicatrizes que não me deixam esquecer.

– O que não sabe é que, quando você estava caído, inconsciente, eu olhei para você, seu sangue escorrendo na neve, e quase não te ajudei. Uma voz dentro de mim gritava: "Fuja! Rápido! Esta é a sua chance de escapar!".

– Mas você não fugiu.

– Não consegui. Você estava indefeso. Precisando de ajuda. Eu deveria ter te deixado lá para morrer.

A Fera virou-se e a fitou.

– Por que estamos fazendo isso, Bela? Por que estamos revivendo uma noite tão horrível?

– Porque, apesar de não ter conseguido todas as respostas que queria naquela noite, ainda assim, descobri uma coisa. Sabe o quê?

A Fera sacudiu a cabeça, negando.

– Descobri que você estava disposto a morrer por mim, e eu não deixaria isso acontecer. – Ela riu tristemente.

Um silêncio profundo se fez. Era como se houvesse surgido uma parede entre eles, uma parede dura e intransponível. A Fera tomou a primeira atitude para tentar vencer aquela barreira.

– Tenho algo para você, Bela. É uma coisa pequena. Encontrei na noite passada em uma gaveta no meu escritório e achei que você poderia gostar.

– Está mudando de assunto.

– Sim, ao menos estou tentando – disse a Fera, esboçando um leve sorriso.

– E o que foi que achou para me dar? – perguntou a moça.

A Fera caminhou na direção de Bela, colocou a mão no bolso e entregou-lhe um objeto. Bela viu que era um coração de vidro pendurado em uma corrente de ouro. O coração havia sido esculpido de um jeito que a luz sempre o fazia brilhar, sem importar em que posição estivesse.

– Era da minha mãe – disse a Fera.

– É mesmo muito lindo. Mas não posso aceitar. Deve ficar com a sua família – disse Bela, tentando devolver o presente.

Mas a Fera negou.

– Eu quero que fique com você.

– Pode me ajudar a colocá-lo? – Bela perguntou.

A Fera negou, erguendo as patas grandes e desajeitadas. Bela colocou o colar sozinha.

– Ficou muito bem em você – ele elogiou.

– Me conte mais sobre sua mãe.

– Ela era inteligente. Bonita. Gentil. E amável. A criatura mais amável que já conheci. – Ele ergueu o olhar e a fitou. – Bem, ao menos uma das criaturas mais amáveis que já conheci.

Os olhos de Bela encaravam os da Fera.

– Por quê, Fera? O que isto significa?

A Fera desviou o olhar.

Bela levantou as mãos, acenando, e disse, já cansada:

– Eu sei, eu sei... Você não pode me dizer nada.

A Fera a observou por um longo momento, então, com o sorriso mais triste que Bela já havia visto, e disse:

– Acabei de dizer-lhe algo, Bela.

– Não entendo.

A Fera apontou para o coração pendurado no pescoço de Bela, que olhou para baixo. Ela fechou a mão ao redor do pingente.

Quando ergueu o olhar, ele havia partido.

O que ele quis dizer com isso?, se perguntou.

Será que ela havia perdido alguma informação naquela conversa? Havia tantas coisas que ele não lhe contava.

E, então, percebeu que também havia uma coisa que nunca conseguiria dizer-lhe:

– Adeus – ela sussurrou.

Bela se levantou e foi para a biblioteca.

CAPÍTULO TRINTA E NOVE

PELA PRIMEIRA VEZ, Bela foi mais veloz que Mouchard para abrir a porta.

Rapidamente, ela saiu da carruagem e subiu correndo a escadaria da residência de veraneio de dois em dois degraus.

A condessa a encontrou no hall de entrada.

– Meu pai... Ele está... – Bela começou a falar.

A condessa lhe respondeu com um sorriso e Bela levou as mãos à boca. Ela mal podia acreditar em sua boa sorte. Seu pai estava ali. *Ele está aqui!*

– Onde ele está? – Bela perguntou.

– Estava sentado no gazebo com seu bloquinho de desenho e um lápis, mas acredito que agora esteja no terraço, admirando minhas rosas.

Bela correu pelo hall, delirando de tanta felicidade. Mas, então, parou, sem ar, e se virou. A expressão em seu rosto era de ansiedade.

– O que foi, Bela? – perguntou a condessa.

– Eu estou... Acho que estou com medo de ir até ele – respondeu. – Talvez não seja bom encontrá-lo, afinal, terei de deixá-lo novamente.

– Você não precisa deixá-lo, meu bem – disse a condessa.

– Isso... Isso é mesmo possível? – perguntou a jovem, sem ousar acreditar.

– Estou muito perto de conseguir que seja assim – respondeu a condessa.

– De verdade? Vou poder ficar aqui? – Bela perguntou, alegre, e correu até a mulher, tomando uma de suas mãos. – Condessa, como a senhora conseguiu?

– Mais tarde, minha querida, mais tarde. Haverá tempo para explicar tudo depois de você reencontrar seu pai.

Bela soltou a mão da condessa, pronta para voltar a correr em busca de seu pai, no entanto, a mulher lhe deteve.

– Querida, espere...

– O que foi? Há algo de errado? – Bela perguntou preocupada com o tom cauteloso da condessa.

– Ele não sabe que você está aqui. Eu não disse nada a ele para o caso de você... Bem, para o caso de você, talvez, ter mudado de opinião. Eu não queria que ele ficasse triste. Então, apenas lhe disse que ele estava vindo para um lugar mágico. Você será uma surpresa para ele, Bela. Ele pode se assustar. Seria inteligente aproximar-se com cautela – a condessa lhe aconselhou.

O coração de Bela se encheu de gratidão. Ela nunca havia conhecido alguém tão altruísta, tão cuidadoso, tão *bom*.

A condessa finalmente soltou a mão de Bela, mas, em vez de sair correndo, a jovem a abraçou e deu um beijo em sua fria bochecha:

– A senhora é tão gentil – ela disse, sua voz embargada por conta da emoção. – Comigo. Com meu pai. Nunca poderei pagar tudo o que está fazendo por nós.

– Vá, minha querida – disse a condessa, dando-lhe um tapinha nas costas. – Vá encontrar seu pai. Ele está logo ali. – Ela apontou para as portas que levavam ao terraço.

Bela correu pelo hall e atravessou as portas indicadas.

Eram muitas as portas ali, cada uma levando a uma das diferentes partes da residência de veraneio da condessa. Quando Bela desapareceu do grande salão, uma figura saiu de uma dessas portas e se juntou à condessa.

– Você encontrou um jeito – Henri disse.

A condessa riu.

– Eu sempre soube o caminho. Deixe-os um pouco a sós e, então, vá encontrá-los. *Nunca Mais* precisa de mais duas coisas. Certifique-se de que sejam dadas. Não falhe comigo.

Henri curvou-se e, na sequência, deixou o hall de entrada.

A condessa o observou partir; seus olhos verdes brilhavam e um sorriso estampava seus lábios cor de sangue.

CAPÍTULO QUARENTA

BELA CHEGOU AO terraço e apertou as mãos, ansiosa.

Seu pai estava a poucos metros de distância, de costas, curvado para poder admirar uma rosa branca mais de perto.

Ela não podia acreditar no que seus olhos estavam vendo. Ele estava realmente ali? Aquilo era mesmo real?

– Papai? – ela chamou.

Maurice congelou ao ouvir a voz da filha. Então, devagar e com os movimentos duros, ele se endireitou, começou a olhar em volta.

A condessa está certa. Ele envelheceu, pensou Bela. *Tudo por causa do sofrimento, da solidão e da preocupação.*

– Papai, aqui! – gritou ela.

Maurice se virou. Seus olhos encontraram os dela, mas eles não se alegraram com a surpresa. Os olhos de seu velho pai apenas a fitaram com educação e pareciam confusos, como se ele não a reconhecesse.

Teria ela mudado tanto no tempo em que estavam separados?

Talvez seja o belo vestido, o elegante chapéu, Bela pensou, aflita. *Nunca Mais* havia transformado sua roupa, mas o coração de cristal que a Fera lhe dera seguia pendurado em seu pescoço.

– Papai, sou eu... Bela – ela disse, tirando o elegante chapéu que usava.

Maurice piscou para ela.

– Bela? – ele disse baixinho. – Isso é possível?

– Papai, ah, papai… – ela disse, o choro travando sua garganta.

Os olhos de seu pai se encheram de alegria. Seus lábios se curvaram em um sorriso.

– Bela – ele disse, sua voz trêmula. – Minha filha, minha querida! Minha querida filha. É você.

CAPÍTULO QUARENTA E UM

Esquecendo-se de que estava na propriedade da condessa e que havia muitos desconhecidos à sua volta, Bela correu até seu pai e o abraçou, chorando.

Maurice a segurou com força, acariciando seus cabelos, acalmando-a com palavras carinhosas, exatamente como fazia quando ela era pequena.

– Shh, Bela, shh. Está tudo bem. Venha, minha querida, deixe-me olhar para você – ele disse, segurando-a pelo braço. – Pensei que nunca mais fosse vê-la, minha filha. Nunca. E aqui está você... Bem na minha frente!

A felicidade de seu pai a deixou feliz. O aperto em seu peito diminuiu. Ela tirou o lenço do bolso e enxugou as lágrimas. Ele *realmente* estava ali.

– Senti tanto a sua falta, minha linda garota. Como meu coração se alegra em revê-la – prosseguiu Maurice. – Como chegou até aqui? Você conseguiu escapar daquela fera perversa?

Bela, então, se deu conta de que a última vez que seu pai a vira, ela estava presa em uma cela no castelo da Fera, a mesma cela em que ele estivera preso antes de ela tomar seu lugar.

– Eu não fiquei presa na cela por muito tempo – Bela explicou. – Lumière, o criado da Fera, logo me deixou sair. Eu vivo no castelo agora, papai, e sou muito bem tratada. Tenho amigos lá...

Uma sombra passou pelo rosto de Maurice.

– Amigos? – ele indagou. – Naquele lugar abandonado por Deus? Você tem carcereiros, Bela. Convive com objetos perigosos.

Perigosos?, Bela pensou. *Madame Samovar? Plumette?*

– Eu sei que pode não ter tido essa impressão, papai, mas eles são muito bons! – ela o interrompeu. – Na verdade, sou apaixonada por uma pequena xícara de chá chamada Zip, e…

Mas seu pai não estava ouvindo o que ela dizia.

– Você convive com uma criatura que se veste como homem, mas se comporta como um animal e ataca a tudo e a todos – continuou ele. – Não acredite por um segundo que ele, ou qualquer um que seja próximo a ele, seja seu amigo!

Bela ficou confusa com as palavras afiadas de seu pai. Ele sempre fora um homem de mente aberta, disposto a ouvir outros pontos de vista, mesmo quando eram contrários aos seus.

– A Fera foi assustadora no início, sim, papai, mas quanto mais tempo passo com ele, mais ele me surpreende. Acho que ele pode ser verdadeiramente muito gentil – afirmou a jovem.

Maurice ignorou suas palavras.

– Ele dominou você pelo medo, Bela. Isso está claro para quem quiser ver. Você fala bem dele apenas por medo, minha filha, acreditando que, se não o fizer, sua situação ficará ainda pior.

Bela, que até poucos minutos sentia raiva da Fera por ter aprisionado primeiro seu pai e depois ela mesma, agora se sentia obrigada a defendê-lo. Aquela tremenda mudança de sentimento a deixou confusa.

A cabeça de Bela lhe dizia que defender a Fera era uma loucura; que não fazia sentido nenhum. Mas seu coração enxergava além de sua mente, e se expressou com uma lógica muito profunda.

– Papai, você se lembra de Androcles?

– Sim, claro. Nosso... Ah, nosso vizinho.

– *Nosso vizinho*? – Bela repetiu, piscando para ele.

A condessa estava certa. Ele tinha envelhecido. O choque de ter sido preso no castelo da Fera e, depois, de ter perdido sua única filha tinha cobrado seu preço.

– Não, papai – ela disse gentilmente. – Androcles, das *Fábulas de Esopo*! Você costumava ler para mim todas as noites...

– Claro, claro... – disse Maurice rapidamente.

– A Fera é como o leão, que tem um espinho alojado profundamente em si – explicou a jovem.

As sobrancelhas espessas de Maurice se ergueram.

– Você viu este espinho, então?

– O espinho está no coração dele, papai. Algo terrível aconteceu com ele.

Porém, Maurice não estava disposto a ser benevolente em relação àquela situação.

– Por que estamos perdendo tempo falando sobre a Fera? Eu não me importo com ele. Tudo o que me interessa é você – disse Maurice. – Como chegou aqui, Bela? Quando conheceu a condessa?

Bela explicou como havia encontrado o caminho para *Nunca Mais*.

– Um livro encantado, é isso mesmo? – perguntou Maurice, quando sua filha terminou.

– Sim. A condessa o colocou onde eu o pudesse encontrar. Ela descobriu o que aconteceu conosco, papai. Quer nos ajudar. Conhecia minha mãe e gostava dela. Foi isso que ela me contou.

A expressão dura de Maurice se tornou mais suave. Seu olhar ficou melancólico, como sempre acontecia quando o assunto era a esposa.

– Isso parece mesmo com a condessa. Ela é uma boa alma. E sempre foi. Aqui, em sua casa, posso escolher uma rosa para minha filha sem que ela me aprisione – ele disse ao se virar e arrancar uma flor branca para Bela.

Bela pegou a rosa das mãos do pai. No entanto, ao fazê-lo, viu uma mancha escura nas pétalas.

– Papai, você está sangrando! Deve ter se ferido com um espinho.

– Não é nada – assegurou Maurice, mas gotas de sangue, tão escuras que quase pareciam pretas, caíam no chão.

Bela ainda estava com seu lenço nas mãos e o enrolou no dedo de seu pai.

– Aqui – ela disse. – Vai ajudar a estancar o sangramento.

No mesmo momento, no entanto, ela não pôde deixar de notar como as mãos de seu pai estavam geladas.

– Você está tão frio! – disse ela, tentando aquecê-lo com suas mãos.

Suas mãos frias, seus movimentos rígidos, o fato de ter esquecido quem era Androcles... Todos aqueles fatos haviam perturbado muito Bela.

– Está se cuidando, papai? – ela perguntou com pesar. – Está tomando seu óleo de fígado de bacalhau? Não está deixando as janelas abertas à noite, está? Você sabe como a casa fica fria...

– Estou bem, Bela – ele disse com tranquilidade. – É com você que estou preocupado. Não quero que volte para o castelo da Fera. Deve haver alguma maneira para que possa ficar aqui.

– *Mademoiselle* Bela! – disse uma voz. – É você?

Era Henri. Ele caminhava na direção deles alegremente e com um sorriso em seu belo rosto.

CAPÍTULO QUARENTA E DOIS

– Que prazer em poder revê-la! – exclamou Henri, curvando-se diante de Bela.

– Igualmente – disse Bela, feliz em ver o duque. – Henri, gostaria que conhecesse meu pai, Maurice. Papai, este é meu amigo, Henri, Duque de *Choses-Passées*.

– É uma honra conhecê-lo, senhor – disse Henri, curvando-se novamente.

– A honra, meu jovem, é toda minha – respondeu Maurice.

– A condessa fala muito bem do seu trabalho – continuou Henri. – Na verdade, ela aproveita todas as oportunidades para mostrar as caixinhas de música que o senhor faz. Tenta me deixar com ciúme e, confesso, está conseguindo. Espero que eu também possa adquirir uma de suas caixinhas de música.

Bela viu surgir um sorriso no rosto de seu pai.

Ele estava muito contente com o elogio e ela, silenciosamente, agradeceu a Henri pelos comentários.

– Maurice! Vejo que conheceu o Duque de *Choses-Passées*! – falou alegremente a condessa, caminhando até os três.

Maurice endireitou-se quando a condessa se aproximou e comentou:

– Sim! Que agradável companhia ele é!

– A senhora cometeu um erro me convidando para vir aqui hoje, condessa – disse Henri maliciosamente. – Já disse ao *monsieur* Maurice que a próxima caixinha de música que ele fizer será *minha.*

– Oh, mas como você é ingrato! – repreendeu a condessa, golpeando Henri com seu leque. – Venha – ela disse, pegando o braço de Maurice. – Voltemos para o gazebo. Mouchard nos trará refrescos. E, Maurice, vou fazer o meu melhor para que mude de ideia em relação a quem deve ser o proprietário de sua próxima caixinha de música. – Ela aproximou a mão na boca e sussurrou alto o suficiente para que todos ouvissem: – Pagarei o dobro do que pedir!

– Não é justo! – protestou Henri.

– Meu jovem, vale tudo no amor, na guerra e na aquisição de caixinhas de música – afirmou a condessa com uma piscadela.

Henri sorriu e ofereceu o braço a Bela.

– Uma coisa que deve saber sobre nossa querida condessa, Bela – ele começou –, é que ela realmente odeia perder.

CAPÍTULO QUARENTA E TRÊS

– Como está quente hoje – disse Maurice, abanando-se.

– Beba mais limonada, papai – sugeriu Bela, enchendo mais uma vez o copo com o refresco que estava no jarro sobre a mesa.

Na sequência, ajeitou o travesseiro que estava apoiando as costas de seu pai. Ela não conseguiu parar de mexer nele, perguntando-lhe constantemente se estava confortável o suficiente, bem o suficiente, se estava com sede ou com fome.

– Você é muito boa para mim, querida – Maurice disse, alcançando a mão da filha.

– Imagine, papai.

Estavam todos sentados sob a sombra do gazebo da condessa, apenas vendo o tempo passar. Já havia passado do meio-dia. Maurice tinha seu bloco de desenho no colo. A condessa se abanava. Em voz alta, Henri lia um livro de sonetos de Shakespeare.

O AMOR NÃO É AMOR
SE QUANDO ENCONTRA OBSTÁCULOS SE ALTERA
OU SE VACILA AO MÍNIMO TEMOR.
AMOR É UM MARCO ETERNO, DOMINANTE,
QUE ENCARA A TEMPESTADE COM BRAVURA;
É ASTRO QUE NORTEIA A VELA ERRANTE
CUJO VALOR SE IGNORA, LÁ NA ALTURA.

AMOR NÃO TEME O TEMPO, MUITO EMBORA
SEU ALFANJE NÃO POUPE A MOCIDADE;
AMOR NÃO SE TRANSFORMA DE HORA EM HORA,
ANTES SE AFIRMA, PARA A ETERNIDADE...[4]

O gazebo estava situado ao lado de um riacho, à beira do pomar de cerejeiras da condessa. Mouchard, alerta para qualquer besouro ou aranha, rondava aplicando veneno sobre flores e arbustos.

– Mouchard! Vá buscar alguns sanduíches para nós – ordenou a condessa.

Henri fechou o livro.

– Grande ideia, condessa – ele disse. – Toda essa leitura me deixou com fome. Teremos algumas cerejas também?

– Você é um querido, *monsieur* Henri. Mas como poderíamos colhê-las?

– Pegue meu chapéu – disse Maurice sem se preocupar em erguer os olhos de seu bloco de desenho.

Distraidamente, Maurice pegou o chapéu da condessa, que estava na cadeira ao seu lado, e entregou para Henri.

– Meu querido senhor, a condessa me mataria se eu colhesse cerejas aí – disse Henri, acenando com a cabeça para a elegante peça de seda preta.

Maurice ergueu os olhos e viu o que tinha nas mãos.

– Oras! E de onde veio isso? Onde está o *meu* chapéu?

– Você está com ele na cabeça, papai – disse Bela com carinho.

4 SHAKESPEARE, William. *Soneto 116*. Tradução de Bárbara Heliodora. (N. T.)

Ela tirou o chapéu de palha e abas largas da cabeça de seu pai, dando-lhe um beijo delicado. Maurice sorriu e continuou atento a seu desenho.

– Bela, você gostaria de dar um passeio? – perguntou Henri.

– Obrigada, Henri, mas acho que prefiro ficar aqui – respondeu Bela.

– Não seja boba, minha querida. Vá esticar um pouco as pernas. Eu vou ficar bem – disse Maurice.

– Vá, Bela – a condessa completou logo na sequência. – Divirta-se. Fico de olho em seu pai.

– Se acha que tudo bem... – Bela disse a seu pai.

Maurice assentiu e Bela e Henri partiram para o pomar de cerejeiras. Henri estava estranhamente calmo enquanto caminhavam. Bela notou sua tranquilidade e perguntou o que havia acontecido.

– Ah, Bela. Você me conhece muito bem. Se estive em silêncio, é porque estou tentando descobrir como dizer o que preciso – ele explicou, dando um sorriso sem jeito.

Bela olhou para ele por baixo da aba de seu chapéu.

– O que tem a me dizer?

– Eu... Bem, fui chamado para voltar à minha casa. Meu ducado fica no norte e há problemas em minha propriedade. Uma praga está destruindo as plantações. Preciso encontrar uma maneira de solucionar isso ou não haverá colheita este ano. E, se isso acontecer, meus agricultores e seus animais passarão fome.

– Henri, isso é terrível. Sinto muito que isso esteja acontecendo. Quando tem que partir? – perguntou Bela.

– Esta tarde.

A expressão de Bela murchou.

– Mas tão rápido?

Henri assentiu. Ele parou, e Bela o seguiu. Estavam de pé na beira do pomar.

– Bela... – Ele pegou sua mão na dele, olhando para baixo. – Posso lhe perguntar uma coisa?

– Qualquer coisa, Henri.

Ele olhou para ela, seus olhos cheios de emoção.

– Sua amizade significa muito para mim. Nunca conheci uma pessoa tão atenciosa quanto você. Nunca pude conversar tão abertamente com alguém. Posso ter uma lembrança sua? Alguma coisa para me lembrar de você quando eu for embora?

– Claro, Henri – Bela disse.

Olhou para si mesma: seu simples vestido azul novamente havia se transformado em um belo e elegante vestido quando ela entrara em *Nunca Mais;* suas botas tinham se tornado elegantes sapatos de seda, e um lindo chapéu adornava sua cabeça. Mas era um pouco estranho dar a Henri um sapato ou um chapéu.

– Mas não tenho nada para te dar – disse ela consternada.

Os olhos de Henri pousaram sobre o delicado colo da jovem onde estava apoiado o colar que ela usava.

– Você tem nossos corações, Bela, o meu, o da condessa e de todos os outros de *Nunca Mais*. Poderia, ousadamente, pedir para ter o seu?

Bela hesitou. O colar havia sido um presente da Fera. Pertencera a sua mãe, e Bela não queria entregá-lo. Mesmo sendo uma simples peça de vidro, aquele colar não tinha preço, assim como acontece com todas as coisas que uma vez foram amadas.

– Vou cuidar muito bem dele e devolverei quando voltar a vê-la – Henri pressionou.

– Não posso – disse Bela. – Foi um presente de... Ganhei de um...

O quê?, Bela se perguntou. *O que a Fera é para mim? Eu queria que ele fosse meu amigo. Cheguei a acreditar que ele também queria ser meu amigo. Mas eu estava errada.*

– Alguém que significa algo para você? – sugeriu Henri.

– Sim – disse Bela, sabendo que aquilo teria de ser o suficiente para ela. Para sempre.

– Eu entendo – afirmou o rapaz, mas seu rosto tinha uma expressão que indicava o contrário. Ele sorriu suavemente, tentando esconder a decepção.

– Eu queria ter outra coisa...

Bela não conseguiu suportar sua infelicidade e colocou as mãos no bolso. Sua mão direita, então, curvou-se em torno da pequena tesoura de prata que a louca lhe dera. Ela tinha esquecido que a estava carregando e chegou a pensar em entregá-la a Henri como recordação, mas chegou à conclusão de que uma tesoura seria uma lembrança um pouco estranha.

Com a outra mão, conseguiu sentir algumas moedas, as mesmas que havia tentado dar ao *monsieur* Truqué no *Palais-Royal*.

– Uma moeda? – ela ofereceu. – É um pouco estranho, eu sei, mas realmente serviu como uma lembrança para mim. Era uma lembrança da minha casa e do meu pai.

– Seria perfeito – respondeu Henri, iluminando-se. – É algo tão pequeno, posso levar comigo para onde eu for.

– Aqui está – disse Bela, entregando-lhe a moeda.

– Obrigado, Bela. Muito obrigado – agradeceu Henri.

Ele pegou a moeda e a colocou no bolso.

E foi aí que as fendas apareceram.

Em ambos os lados do seu rosto perfeito, bonito e sorridente.

CAPÍTULO QUARENTA E QUATRO

Bela ficou em choque.

– Henri? O que está acontecendo? Seu... seu rosto... – ela balbuciou.

As rachaduras em torno de sua boca haviam se aprofundado, transformando-se em sulcos. Bela aproximou-se para tocá-lo e, ao fazê-lo, o maxilar de Henri caiu.

– Ha, ha, ha! – ele riu, sua mandíbula clamando para cima e para baixo. – Ha, ha, ha!

Bela gritou e recuou. Henri caminhou em direção a ela, seus passos duros.

– Condessa! Papai! – ela gritou. – Venham rápido! Há algo errado com Henri!

Ao som do clamor de Bela, a condessa levantou-se da cadeira e desceu do gazebo, suas saias pretas movimentando-se atrás dela.

Seus convidados pararam, imóveis, exatamente onde estavam: nas árvores, no riacho, nos gramados.

Um ruído alto vindo do gazebo fez Bela gritar outra vez. Ela se virou, aterrorizada. Uma figueira em um vaso de barro havia caído. Mas Bela agora conseguia ver, não era uma figueira. Era apenas um pedaço de madeira pintado apoiado por um suporte.

Bela esfregou os olhos.

– O que está acontecendo? – ela perguntou, chorando.

– Querida, o que há de errado?

Bela baixou as mãos. Era a condessa. Aliviada, Bela agarrou seu braço.

– Não sei o que está acontecendo. Olhe para Henri. Olhe para os outros. – Sua voz estava trêmula. – Temos que partir, condessa. Agora. *Nunca Mais*... Não é o que parece. Tudo está se desfazendo. Temos que pegar o meu pai e voltar ao mundo real.

A condessa tocou a mão de Bela.

– Sinto muito, minha querida. Sinto de verdade. Mas não há como voltar. Não para você.

– O que a senhora quer dizer? – perguntou Bela perplexa.

A condessa sorriu.

– Você comeu três coisas, não comeu?

– E-eu comi? – perguntou Bela, tentando desesperadamente lembrar exatamente o que tinha comido e o que isso poderia ter a ver com o que estava acontecendo.

– O *macaron* no baile... – induziu a condessa.

– O bolo no *Palais-Royal* – sussurrou Bela.

– E a terceira coisa... – disse a condessa, tocando o próprio queixo. – Ah! Eu me lembro! Uma pera!

Bela entrou em pânico. A condessa era sua amiga, não era? Então, por que estava tentando prendê-la?

– Você também deixou três coisas aqui – assegurou a mulher. – Quando aceita as coisas de *Nunca Mais* e deixa coisas aqui, fica-se vinculado a *Nunca Mais*.

– Mas eu não deixei três coisas aqui – disse Bela com convicção.

Henri se aproximou. Seu rosto pintado estava tão branco como a maquiagem de um palhaço. Seus dentes eram pedaços de porcelana. Sua bela vestimenta não passava de trapos remendados. Bela, então, viu que aquele homem encantador e espirituoso que ela pensava ser seu amigo não passava de uma marionete.

Ele segurava a moeda que ela havia lhe dado pouco antes entre seus dedos de madeira.

– Tsc, tsc, tsc.

Bela começou a se sentir mal.

O terror a dominava. Ela lutava contra essa sensação, recusando-se a ceder. Sabia que não podia perder a cabeça.

– Isso é apenas uma coisa – ela argumentou com condessa. – A senhora disse três coisas.

– É verdade – respondeu. – Aqui está a segunda.

A condessa ergueu o braço e mostrou a Bela a pulseira que estava usando: era uma pulseira feita com fios de cabelo castanho, com os seus fios de cabelo. Os fios haviam sido trançados e estavam presos por um fecho de ouro, adornando o punho da condessa.

– Mas eu não lhe dei isso – disse Bela. – Nunca vi essa pulseira antes.

– Ah, mas você já viu, sim. Este é o seu cabelo, Bela. Enganchou esses fios no meu anel na noite do baile. Você não se lembra?

Bela sentiu seu sangue congelar.

– Com isso, temos duas coisas.

– Maurice? – chamou a condessa.

O pai de Bela desceu do gazebo e se juntou a elas.

– Papai – disse Bela com alívio na voz.

Seu pai saberia como sair dali. Ele salvaria os dois.

Maurice sorriu para Bela. Havia um pequeno quadrado de pano no bolso do peito de sua camisa. Ele o puxou, inclinando-se para lhe mostrar. Bela viu que havia uma mancha e percebeu que era o lenço que ela havia lhe dado quando viu seu dedo ferido pelo espinho da rosa.

– Número três – Maurice disse.

– Papai, eu não entendo. Por quê? – perguntou Bela, sua voz fraca.

Seu próprio pai a tinha traído? Aquele pensamento fez Bela se sentir completamente sem chão.

Mas Maurice não respondeu à pergunta da filha. Ele ainda estava inclinado para a frente. Não se movia. Parecia estar congelado. Bela continuou a implorar para que ele falasse com ela quando, de repente, seu cabelo caiu de sua cabeça sobre a grama. Bela ficou sem ar.

A condessa olhou para Maurice e gritou por Mouchard, que correu para seu lado com uma chave de bronze nas mãos.

Parecia uma das chaves que eram usadas para dar corda em relógios antigos, mas muito maior. Mouchard enfiou a chave nas costas de Maurice e a virou.

Maurice endireitou-se, e Bela viu que o que ela pensava ser seu pai, na verdade, era um boneco.

– Rei Otto – ela disse, reconhecendo-o, em choque. – O boneco do *Palais-Royal*!

Bela o observou colocar o lenço de volta no bolso. Então o boneco pegou a peruca e a colocou novamente na cabeça.

– Este... Esta coisa não se parece em nada com meu pai – a jovem constatou, horrorizada. – Como pude acreditar que era ele?

– As aparências enganam – afirmou a condessa com satisfação. – Ainda mais se você encantar uma marionete fazendo-a se parecer com um belo duque, ou transformar um abutre em um subserviente mordomo, em vez de criar tudo do zero. Vantagens da magia, como pode ver.

– Isso... Tudo isso é um encantamento... Uma ilusão? – Bela balbuciou.

– Na verdade, sim. Como todos os bons livros – respondeu a mulher. – Mas você sabia disso, Bela.

– Parecia tão real...

– Porque você queria que fosse. E agora você também faz parte da história. *Nunca Mais* a atraiu e podemos dizer que não pode mais sair desta história. – A condessa apontou para as mãos de Bela.

Bela levantou as mãos. As palavras estavam sendo escritas em preto nela, como se sua pele fosse a página de um livro. Enquanto observava, mais palavras apareciam.

– Faça isso parar! *Por favor!* – Bela implorou.

– É tarde demais. *Nunca Mais* está escrevendo o final da história, Bela. O seu final.

O corpo inteiro da jovem ficou frio.

– Por quê? – ela perguntou, olhando para a condessa. – Por que fez isso comigo?

– Porque fiz uma aposta. E eu odeio perder – a condessa respondeu.

Bela balançou a cabeça, atordoada.

– Minha vida... Minha vida é um jogo para você?

– Eu tentei fazer o jogo ser justo, Bela. Deixei tantas pistas... – disse a condessa. – Os vestidos pretos? As foices no meu brasão? As estátuas de Hades e Perséfone? Não reparou em nada disso? Ah, bem... Os seres humanos são muito bons em negação. Especialmente quando se trata de mim.

– E qual foi essa aposta?

– Que a morte ganharia do amor.

– Com quem você fez a aposta?

– Com Amor em pessoa. Fique feliz por não ter sido envolvida por ela, minha querida. Amor é implacável. Uma total selvagem.

– Mais do que você? – perguntou Bela amargamente.

A condessa inclinou a cabeça. Levantou o coração de vidro que Bela ganhara da Fera, sorriu e soltou o pingente.

– Você é tão ingênua, minha querida – ela disse. – Amar, amar de verdade outra pessoa, isso não é para os fracos de coração. Oras, eu já vi um marido cuidar da esposa contaminada pela peste, ignorando sua própria segurança. Já vi a mãe de um assassino chorar na forca, e um menino faminto dar sua única migalha de pão para a irmã. Amor é tão forte, tão feroz, que me assusta profundamente. Assusta a mim, Bela, uma mulher que passeia por campos de batalha e casas doentes. Eu, que tomo chá com os carrascos.

Bela começou a sentir a raiva se sobrepor ao medo que a estava dominando. Pensou em seu pai. Em Zip, Lumière, Madame Samovar. E na Fera.

– O amor ainda pode ganhar – ela declarou desafiadoramente. – O amor vai ganhar. Eu vou sair daqui.

– Humm, não. Não acredito que isso venha a acontecer – a condessa disse, fingindo tristeza. – Mas não me preocuparia demais com isso. Não demorará muito. Um dia ou dois, no máximo.

– Eu vou embora de *Nunca Mais.* Vou encontrar uma forma de sair daqui – Bela assegurou.

– Sabe, cheguei a me preocupar em perder essa aposta. Mas foi só por um momento – admitiu a condessa. – Afinal, você é realmente uma excelente jogadora. Desistiu da própria liberdade para que seu pai pudesse voltar a ser livre. Foi muito louvável. Corajoso, de verdade. Mas, novamente, é fácil amar aqueles que nos tratam bem, que fazem tudo por nós, você não acha? Um pouco mais difícil é amar aqueles que agem de forma errada conosco.

No mesmo instante, um abutre assustador, com seu bico cruel e penas negras, pousou na grade do gazebo. O animal sacudiu as asas e gritou.

– Sim, Mouchard. Estou indo – disse a condessa, que, na sequência, inclinou a cabeça para Bela. – Adeus, minha querida. Gostei muito desse jogo, mas meu trabalho me aguarda. Devo voltar ao meu castelo e fazer as malas. Vou embora pela manhã. Há guerras das quais preciso participar. Doenças, fome, enfim, essas coisas de todo dia. – Ela sorriu contente. – Sou muito requisitada!

Então, Morte se virou e caminhou em direção ao pomar; Mouchard voava logo acima dela. Ela olhou para trás uma última vez e disse:

– Não fique com muita raiva de mim, afinal, eu dei a você exatamente o que queria: uma maneira de ir embora do castelo da Fera. Não precisa mais voltar. E não quebrou sua promessa. Eu fiz isso por você. Eu sou o fracasso de todas as promessas, Bela. Quem acaba com todos os juramentos.

E, então, a escuridão que a acompanhava entre as árvores, mesmo naquele brilhante dia de verão, fechou-se ao seu redor.

CAPÍTULO QUARENTA E CINCO

O PEITO DE Bela doía. Sua respiração estava fraca. O medo estava de volta, espremendo seus pulmões com tanta força que o ar não vinha.

Vou morrer aqui, pensou. *Meu pai, a Fera, Lumière e todos os outros... Eles nunca saberão o que aconteceu comigo.*

Você definitivamente morrerá aqui se não parar de agir como uma criancinha assustada, disse uma voz em sua cabeça. *Respire,* a voz tentava acalmá-la. *Inspire, agora solte o ar. Isso. Assim mesmo.*

Bela concentrou-se em sua respiração até conseguir deixá-la mais lenta.

Muito bem. Você conseguiu. Agora pense, Bela. Pense com vontade.

– Se entrei em *Nunca Mais* por conta própria, posso sair do mesmo jeito. Mas como? – falou consigo mesma.

Da mesma forma como você entrou, talvez?

– Sim! Através do portal! – Bela gritou.

Aquilo significava que ela precisaria voltar para o castelo e, desta vez, não haveria carruagem para levá-la. Ela teria que ir andando, e seria uma longa caminhada, mas era possível conseguir. O belo vestido que estava usando até poucos momentos havia voltado a ser seu vestido azul de algodão, e os delicados sapatos de seda haviam se transformado, novamente, em suas robustas botas marrons.

Ter um plano ajudou Bela a se acalmar e a sentir um pouco de coragem. Olhou ao redor, tentando localizar o caminho de cascalho que conduzia à estrada.

Ela estava tão chocada com tudo que ainda não havia se dado conta de onde estava. O gazebo, ela agora via, era na verdade um galinheiro destelhado. A residência de veraneio, uma casa abandonada em ruínas. Persianas quebradas pendiam das janelas. O mato cobria suas paredes e varandas e os terraços estavam rachados e cobertos por ervas daninhas.

Marionetes, bonecos e manequins, coisas que antes atuavam como convidados da condessa, vagavam sem rumo. Alguns haviam se prendido nos arbustos, outros estavam caídos, inertes. Um deles caiu no riacho; outro esbarrou num galho de árvore e sua cabeça saiu rolando. A cabeça, caída no chão, tinha os olhos virando de um lado para outro, e a boca era um grande "O" vermelho. O corpo, sem cabeça, tropeçava em tudo.

Do outro lado do riacho, ao longe, troncos quebrados e retorcidos como dedos nodosos contornavam o terreno. Algo sobre eles parecia-lhe familiar. Ela mordeu o lábio, tentando se lembrar, e, então, a resposta veio à sua mente.

– Aqueles são os castanheiros que vi na janela da carruagem, aqueles que contornavam o caminho. A saída é por ali! – Bela disse com entusiasmo.

Começou a caminhar em direção às árvores e logo estava correndo. No mesmo instante, as marionetes e os demais bonecos pararam de vagar. Suas cabeças giraram e seus olhos pintados encontraram Bela. Cambaleando, aproximaram-se dela, impedindo-a de prosseguir.

A moça tentou desviar deles, mas eles eram muitos e a cercaram. Pouco a pouco, fizeram com que ela voltasse até a residência de veraneio.

– Me deixem ir! Saiam do meu caminho! – gritava, com raiva, empurrando para o chão um boneco atrás do outro.

Então, em meio a todos aqueles seres sem vida, Henri deu um passo à frente.

Seus olhos, uma vez tão calorosos e cheios de vida, haviam se tornado frios e duros.

– Henri, por favor... Me deixe passar – ela implorou.

A cabeça de Henri se moveu de um lado para outro. Suas pálpebras se fecharam e se abriram arregalando os olhos. Sem demora, Bela deu um passo em sua direção.

Seu braço se ergueu como se estivesse sendo comandado por cordas invisíveis e a jovem viu que ele estava segurando uma espada. A lâmina parecia ser uma peça de madeira pintada de prata, mas ela não tinha certeza.

– Henri! Me. Deixe. Passar. – ela ordenou.

Henri deu um salto e a ponta de sua espada parou apenas a poucos centímetros do peito de Bela.

Com um grito, ela se virou e correu para dentro da residência de veraneio.

Ao entrar, as pesadas portas se fecharam atrás dela com um estrondo tão assustador quanto ensurdecedor.

CAPÍTULO QUARENTA E SEIS

– Αἱ περιστάσεις εἰσὶν αἱ τοὺς ἄνδρας δεικνύουσαι... – A Fera lia em voz alta, examinando cuidadosamente o antigo pedaço de pergaminho. – Dificuldades são coisas... – ele lentamente começou a traduzir.

Fera mergulhou a pena no pote de tinta que estava sobre sua mesa e escreveu as palavras em um novo pedaço de papel que, embora fosse grande, não era de uma qualidade muito boa, sendo mesmo assim usado para suas transcrições.

– Dificuldades são coisas... – ele começou outra vez. – Ah! Consegui. Dificuldades são coisas que mostram às pessoas o que elas realmente são!

– Ele *precisa* ser informado! – disse uma voz.

A Fera se assustou com o ruído e deixou cair a pena, manchando todo o papel.

– Sim, ele precisa. E você é o único que pode fazer isso.

– Eu? Por que não você?

O olhar da Fera se moveu do pergaminho para a porta aberta de seu escritório. Três sombras podiam ser vistas no chão, do lado de fora.

– Ele disse que não deveria ser interrompido!

– Mas é importante!

– Está certo. Ele gostaria de saber.

– Então, conte a ele!

– Vai você!

– Não, você!

– Não! *Você!*

A Fera apertou os olhos e esfregou as têmporas. Não era fácil traduzir os textos do filósofo Epiteto na mais perfeita paz e em silêncio, mais difícil ainda era quando uma chaleira ruidosa, um candelabro de voz alta e um relógio assustado se reuniam diante de sua porta.

– Shh! O mestre está trabalhando aí dentro! – alertou Horloge, falando tão alto como se precisasse dar ordem a uma cavalaria de batalha com mil cavaleiros. – *Não* devemos incomodá-lo!

– Um pouco atrasado para essa preocupação – disse a Fera, abrindo os olhos. – Horloge. Madame Samovar. Lumière. Entrem.

Os três criados entraram no escritório, todos trocando olhares entre si.

– Qual é o problema? – perguntou o mestre, limpando seu papel.

– Não sabemos – respondeu Madame Samovar.

As sobrancelhas da Fera se ergueram.

– Vocês não sabem?

– É Bela – disse Lumière. – Ela está na biblioteca...

– Bela está sempre na biblioteca. Por que isso de repente virou motivo de preocupação? – indagou a Fera.

– Porque parece que talvez ela não esteja lá – respondeu Horloge.

E então todos os três começaram a falar de uma só vez.

– Não sabemos disso – disse Lumière.

– Nós também não deixamos de saber! – completou Horloge.

– Mas era queijo-quente! – disse Madame Samovar, sem explicação.

A Fera ergueu as patas.

– Um por vez, por favor. Apenas um. Fale devagar, calmamente e, acima de tudo, de um jeito que eu possa compreender.

Madame Samovar respirou fundo:

– Não vemos Bela desde o café da manhã, mestre, e já são seis horas. Ela não desceu ao meio-dia para comer, como costuma fazer.

– Nem eu. Talvez ela esteja entretida em sua leitura, como estou. Ou *estava.*

– É muito diferente. Ela sempre vem para a refeição do meio-dia, especialmente quando Cuisinier faz queijo-quente – explicou Madame Samovar. – Quando ela não apareceu, decidi levar-lhe alguns sanduíches. Mas, quando cheguei à biblioteca, ela não abriu a porta, independentemente de quanto eu a chamasse.

– Talvez não tenha a ouvido chamar. Talvez você devesse ter entrado para levar a bandeja para ela.

– Mas foi exatamente isso, mestre. Tentei abrir a porta, mas não consegui porque está trancada.

– Trancada? – perguntou a Fera intrigado. – As portas para a biblioteca nunca mais foram trancadas.

– Não sei o que houve, mestre. É por isso que viemos aqui, estamos preocupados. Bela não tem agido normalmente nos últimos dias.

A Fera começou a ficar preocupado.

– É tudo culpa desse tal de Shakespeare – Horloge disse irritado. – Ela deve ter desmaiado. Aposto que vamos encontrá-la inconsciente, no chão, ao lado de uma cópia de *Romeu e Julieta*.

A expressão de preocupação de Madame Samovar se tornava cada vez mais nítida.

– Também ouvi falar que certas pessoas são alérgicas às tintas utilizadas na impressão – Horloge continuou. – Ela pode estar sufocando neste exato momento.

Madame Samovar empalideceu.

– Você não está ajudando, Horloge, meu caro – disse Lumière, balançando a cabeça, irritado, mas Horloge não o escutou e continuou:

– Outra possibilidade é que uma estante tenha caído sobre ela, e ela esteja esmagada embaixo dos livros.

No mesmo instante, Madame Samovar começou a soluçar:

– *Algo* aconteceu! Algo terrível! Estou certa disso! – ela lamentou. – Bela nunca recusa um queijo-quente

– Um momento, Epiteto – a Fera suspirou.

Ele estava certo de que seus criados estavam tendo uma reação exagerada, mas também tinha certeza de que ninguém conseguiria realizar suas funções no castelo até Madame Samovar, Lumière e Horloge terem visto Bela.

– É muito provável que esteja confortavelmente aconchegada em uma cadeira junto ao fogo, adormecida, com um livro no colo – disse a Fera. – Se há um lugar no castelo onde não precisamos nos preocupar com a segurança de Bela, esse lugar é a biblioteca. – Ele saiu de trás de sua mesa. – Vamos – ordenou, saindo do escritório.

Poucos minutos depois, a Fera e seus criados estavam de pé diante das portas da biblioteca. Zip, Froufrou e Plumette, ouvindo toda aquela agitação, juntaram-se a eles.

A Fera tentou a maçaneta da porta e, de fato, verificou que ela estava trancada.

– Bela? – ele gritou, batendo na porta.

Não houve resposta.

A Fera começou a se preocupar. E se seus criados estivessem certos? Bela estava realmente bastante pálida e apática no café da manhã. E se ela tivesse passado mal?

– Bela? – ele gritou novamente, batendo na porta com força. – Bela, você está bem?

Novamente, não houve retorno.

Nenhuma resposta.

CAPÍTULO QUARENTA E SETE

NO SEGUNDO ANDAR da abandonada residência de veraneio, em uma sala destruída, Bela sentou-se ao lado da janela e abraçou os joelhos.

Ela estava a salvo daqueles bonecos ali em cima. As criaturas conseguiram abrir as portas da residência, mas tiveram dificuldade com a escada, não conseguindo realizar o movimento direito. Alguns bonecos chegaram até a metade, no entanto, perderam o equilíbrio e tombaram para o outro lado do corrimão. Outros caíram ruidosamente pelos degraus, formando uma pilha de bonecos ao pé da escada.

Mesmo assim, eles não desistiam. Ao ouvir um ruído particularmente alto, Bela ergueu a cabeça e olhou, aflita, para a porta. Havia dito à condessa, em tom desafiador, que conseguiria sair de *Nunca Mais*, mas como? Ela não conseguia sair nem mesmo da residência de veraneio.

Desanimada, a jovem mirou a janela quebrada.

Nunca Mais estava desaparecendo.

A ilusão que a condessa havia criado estava se desfazendo. As colinas e os limites de sua propriedade, uma vez exuberantes, eram nada mais do que um pano de fundo pintado. O riacho se tornara uma vala seca.

A própria Bela estava desaparecendo.

O azul vivaz de seu vestido agora parecia sem graça e suas botas marrons pareciam sem cor.

Apenas uma coisa era cada vez mais forte e mais vívida: as palavras impressas em preto em sua pele. As palavras de *Nunca Mais* não estavam mais apenas em suas mãos, elas já subiam por seus braços e se multiplicavam rapidamente, completando a história.

– A condessa estava certa. Vou morrer aqui – ela sussurrou.

Uma mosca voou para dentro da sala e começou a rodeá-la; seu zumbido a estava deixando tonta. Bela estava prestes a matar o inseto quando parou bruscamente. Um pouco de luz voltou à sua mente e ela se sentou mais reta. O zumbido do inseto lhe havia dado uma ideia.

– Lucanos? – ela perguntou, com uma voz incerta.

O besouro havia tentado ajudá-la antes. Duas vezes. Ela não o tinha ouvido em nenhuma das duas oportunidades, mas, se ele lhe desse uma terceira chance, ela certamente seguiria suas orientações.

– Lucanos! Você está aí? – dessa vez Bela gritou.

O besouro não respondeu.

– Sinto muito, Lucanos! Eu deveria ter seguido seu conselho. Quero sair daqui. Não quero que Morte vença. Pode me ajudar? *Por favor?*

Bela olhou pela janela, esticando o pescoço para os dois lados, mas não viu nenhum sinal do besouro.

– Isso é inútil – disse abatida.

Em seguida, ouviu um zumbido que foi ficando cada vez mais alto e, segundos depois, um besouro gigante entrou pela janela quebrada e pousou ao seu lado.

– Lucanos! – ela disse com alegria.

– Eu mesmo – respondeu o besouro, escovando a poeira de suas asas, que havia recolhido, ao mesmo tempo que Aranae percorria o peitoril.

Ambas as criaturas analisaram o cômodo.

– Bem, isto aqui está uma bagunça, devo dizer – declarou Lucanos.

Aranae se mexeu, confusa, e apontou para Bela.

Lucanos assentiu.

– Sim, sim, Aranae. Tenho certeza – ele disse impaciente. – Ela é a garota que vê com o coração.

Aranae revirou os oito olhos. Resmungou algo e, quando terminou, cruzou duas de suas pernas e fitou Bela, que se encolheu sob o olhar desaprovador da aranha:

– O que ela disse? – perguntou timidamente.

– Ela disse que seu coração precisa de óculos.

– Cometi um erro, Lucanos. Um terrível erro.

– Isso, minha querida, é um enorme eufemismo.

– Não enxerguei além do que meus olhos viam. *Nunca Mais* era tão bonito e tão emocionante. A condessa e Henri eram tão amigáveis e me diziam todas as coisas que eu queria ouvir. E eu ansiava tanto ver meu pai que teria acreditado em qualquer um que me oferecesse essa chance.

As lágrimas começaram a brotar nos olhos de Bela.

– O que foi que fiz? Eu queria escapar do castelo da Fera. Queria escapar da minha vida. Agora, tudo o que quero é ir para casa, mas nem sei mais onde é minha casa. – As lágrimas da jovem começaram a correr por seu rosto. – Mesmo que eu pudesse sair deste lugar, não saberia para onde ir. Onde é, Lucanos? Onde é a minha casa? – dizia entre soluços.

O besouro suspirou. Com a ponta de uma de suas pernas, tocou o peito de Bela, sobre o coração:

– Aqui é sua casa, garota tola. Nossa casa é onde estão as pessoas, os lugares e as coisas que amamos. Você leva sua casa aonde quer que vá. Não sabia disso?

Bela pensou nas palavras de Lucanos. Fechou os olhos, e uma imagem de seu pai veio até ela. Pensou em suas belas caixinhas de música e também nos livros. Pensou na sensação de acariciar o macio pelo de Philippe. Pensou nas rosas. E também pensou em outras coisas. Pensou na paisagem do inverno ao amanhecer. No som da risada de Zip. Em Lumière provocando Horloge. Em Madame Samovar cantarolando. Na patinação com a Fera naquele lago congelado.

– Agora eu sei – Bela confessou, abrindo os olhos.

– Todos cometemos erros. O perigo está em acreditarmos que esses mesmos erros nos impedem... – começou Lucanos, sendo interrompido por Bela:

– Nos impedem de quê?

– O perigo está em acreditarmos que esses mesmos erros nos impedem de colocar as coisas em ordem. Em deixar que esses erros nos façam perder as esperanças. Deixar que nos façam desistir – finalizou o besouro, encarando-a.

Bela entendeu o que ele queria dizer, então enxugou as lágrimas com a saia e disse:

– Quero sair daqui, Lucanos. Pode me ajudar?

– Temo que sair de *Nunca Mais* seja algo mais fácil de se desejar do que realmente de se conseguir.

– Por quê? O que é este lugar, exatamente? Uma grande ilusão?

– *Nunca Mais* é muito mais que uma ilusão, meu bem. *Nunca Mais* é muito real.

– Mas a condessa disse...

– Ela mentiu. A maioria das coisas aqui, como as marionetes, as ruínas, as paisagens, foram encantadas para que você fosse enganada. Mas *Nunca Mais* é um reino. O reino da Morte. É um lugar desagradável, onde a podridão, a decadência e a destruição reinam.

Um arrepio percorreu a espinha de Bela, mas ela se conteve, determinada a ser corajosa e a assumir o controle da situação.

Lucanos notou sua determinação.

– Basicamente, *Nunca Mais* é isso – disse ele. – Agora, vamos ver se podemos tirar você daqui. Devemos ser ousados, rápidos e espertos, porque nosso adversário é tudo isso e muito mais.

– Obrigada por ter vindo, Lucanos. Agradeço também a você, Aranae.

– Agradeça quando sair daqui – Lucanos respondeu com ar sombrio.

Então os três se agruparam e começaram a pensar em um plano.

CAPÍTULO QUARENTA E OITO

– Bela? Bela! Você está aí? Está tudo bem? – a Fera gritava, mas, ainda assim, não havia resposta.

– Estou muito preocupada, mestre – confessou Madame Samovar.

– Eu também – disse a Fera sombriamente.

Embora Madame Samovar estivesse certa quando disse que Bela andava agindo de maneira estranha ultimamente, todos sabiam que ela nunca se trancaria na biblioteca, deixando-os preocupados. Ela era muito gentil para fazer algo assim.

– Afastem-se – ordenou a Fera, dando um passo para trás.

Os objetos encantados rapidamente se afastaram e a Fera lançou-se contra a porta, empurrando-a com o ombro. A porta estremeceu sob o impacto de seu forte corpo, mas continuou firme.

Ele repetiu o gesto, ignorando a dor que a pancada lhe causara, mas novamente a porta não se moveu.

Desesperado, recuou uma última vez e, com um rugido ensurdecedor, lançou-se contra a porta inflexível. Finalmente, ela caiu.

Grunhindo, a Fera abriu caminho através da madeira quebrada.

Algo não estava certo, ele pôde sentir. Ele passou por toda a biblioteca chamando o nome de Bela, desejando não ter chegado muito tarde.

CAPÍTULO QUARENTA E NOVE

LUCANOS SE SENTOU no peitoril da janela, duas de suas espinhosas patas pretas cruzadas, duas outras dobradas à frente do peito. Ele acariciava o queixo com uma quinta pata e, com uma sexta, gesticulava enquanto falava:

– A comida que comeu ajuda a prendê-la a *Nunca Mais*. Você comeu dois doces e uma pera que, lamento informar, na verdade, era uma romã.

– A comida dos mortos – completou Bela, sua esperança de escapar estava diminuindo. – No mito grego, Perséfone comeu sementes de romã e teve de retornar ao submundo. Estou morta, Lucanos.

– Todos morreremos – disse Lucanos com naturalidade. – Todos nos encontraremos aqui um dia. Mas esse dia não é hoje. Não se eu puder ajudar.

Aranae balbuciou algo. Lucanos assentiu.

– O que ela disse? – Bela perguntou ansiosa.

– Ela disse que, como não podemos fazer nada sobre a comida, devemos parar de falar sobre isso.

Bela, então, tentou olhar para a situação por outro ângulo.

– E as três coisas que eu dei? – ela indagou. – E se as conseguisse de volta? Isso enfraqueceria o feitiço da condessa?

– Pergunta interessante. Possivelmente, sim – analisou Lucanos.

– Se puder enfraquecer o feitiço, talvez eu consiga voltar para o livro encantado.

– Mas isso significaria recuperar o lenço do rei Otto, a moeda de Henri e a pulseira da própria condessa – lembrou-lhe o besouro.

– Sim.

– Então, está dizendo que precisamos vencer Morte? – questionou Lucanos.

Bela assentiu.

– A Morte, Bela.

– Não é o mais seguro dos planos, reconheço – disse Bela. – Mas não tenho um melhor no momento.

– Muito bem, então – disse o besouro, olhando as palavras escritas nas mãos e nos braços da jovem. – Chega de jogar conversa fora. O tempo não está do nosso lado. Vamos fazer uma visita ao rei.

CAPÍTULO CINQUENTA

Com dificuldade, Bela conseguiu vencer as escadas da residência de veraneio com Lucanos e Aranae ao seu lado.

Aos pés da escada, passaram por um boneco cujos olhos estavam inertes; o corpo, sem vida, mas, ainda assim, seus pés tentavam escalar os degraus.

– Eles estão ficando sem energia – Lucanos sussurrou. – Isso é bom. Significa que o feitiço da condessa está perdendo força. Se você conseguir recuperar os objetos, conseguirá sair daqui.

Quando os três chegaram à base da escadaria, precisaram se esquivar de uma pilha de bonecos quebrados e espasmódicos que haviam perseguido Bela e caído pelos degraus. Havia cabeças esmagadas e membros torcidos.

Nem o rei Otto nem Henri estavam entre aquelas marionetes.

– Eles devem estar aqui, em algum lugar – disse Bela.

Os três continuaram. Enquanto se moviam pelos cômodos arruinados, ouviram uma música estranha e dissonante. Parecia distante, como se viesse de outra parte da residência de veraneio. Via-se marionetes tombadas por todos os cantos: sobre uma espreguiçadeira esfarrapada, uma boneca com a serragem saindo pelas costuras; de cada lado de uma bancada de mármore, os elegantes galgos da condessa estavam sentados, imóveis estátuas de pedra.

Em cada cômodo que Bela passava, via o que antes o feitiço ocultara: a podridão florescia nos espelhos e no gesso do teto em buracos horrorosos, o bolor cobria cortinas e tapetes. Os candelabros de cristal tinham uma cinza e grossa camada de poeira e os de prata estavam enegrecidos.

A fúria dominava Bela. A condessa havia mentido para ela, manipulado-a. Controlado-a. Não era justo. Se a condessa era a própria Morte, então a Morte era uma fraude.

Quando passaram pela porta do escritório, Bela fez uma pausa. Seus olhos varreram as estantes analisando os livros esfarrapados e mofados. Engrenagens enferrujadas, molas e os mostradores velhos nas prateleiras ao lado deles. Ela se lembrou de estar naquela mesma sala com a condessa e o professor. E se lembrou de olhar aqueles pedaços de lixo enferrujado acreditando que fossem as caixinhas de música de seu pai. Essa simples memória a deixou enojada.

Com o olhar percorrendo o restante do cômodo, viu móveis quebrados e um tampo destruído, então percebeu algo que fez seu sangue gelar. Com um gesto, ela chamou Lucanos e Aranae e, depois, apontou para a sala.

O rei Otto estava de pé no fundo da sala, ao lado de uma janela aberta, completamente imóvel e de costas para eles. Bela podia ver a chave de latão no segredo em suas costas. Uma de suas mãos estava acima da cabeça e, nela, uma linda borboleta estava pousada, batendo as brilhantes asas amarelas.

– Parece que está sem corda – sussurrou Lucanos. – Que sorte!

Com cuidado, os três se aproximaram, alertas para o menor movimento. Quando chegaram ao seu lado, Bela viu que seu lenço ainda estava encaixado no bolso do peito de sua camisa. O coração da jovem se acelerou, pois bastava dar apenas mais alguns passos e o lenço seria seu novamente.

– Vamos, seja rápida! Pegue o lenço – Lucanos a orientou. – Não temos tempo a perder.

Bela assentiu. Ela estendeu a mão. Mas, quando estava prestes a tocar o lenço, a borboleta voou.

E Otto se virou com raiva.

CAPÍTULO CINQUENTA E UM

– VOCÊ A ASSUSTOU! – o boneco disse, acusando Bela e aproximando-se dela de maneira ameaçadora. – Ela estava me contando como é a sensação de voar!

– Eu... Me desculpe – Bela balbuciou. – Não queria fazer isso.

– Agora *nunca* vou saber! – gritou a criatura, batendo o pé.

A jovem recuou, assustada, pensando que o boneco fosse persegui-la. Em vez disso, ele deu alguns passos lentos e rígidos e, então, caiu no choro. Gotas de óleo preto vazavam de seus olhos e escorriam por suas bochechas. Otto limpava o rosto com o lenço de Bela, que estava tão surpresa que só conseguia ficar parada boquiaberta.

Lucanos voou até seu ombro:

– Fique parada e fale calmamente. Não deixe que essa coisa se irrite.

– Eu posso ouvi-los, sabia? E não sou uma coisa. Meu nome é O-O-Otto – a criatura disse entre soluços.

Bela, tocada pelas lágrimas do boneco mecânico, esqueceu-se do medo e deu um passo hesitante em sua direção.

– Não precisa temer, pois eu não poderia persegui-la nem se eu quisesse – disse Otto exaurido. – É difícil me mover. Minhas articulações são rígidas. Agora que a condessa tem o que ela quer, no caso, você, ela não mantém mais as ilusões. Tudo está acabando. As coisas que exigiram mais esforço para ganhar vida, como eu, durarão um pouco mais, mas os pomares, as flores, tudo isso já está se acabando.

Enquanto falava, uma nova rachadura surgiu em uma das paredes do escritório. Ao vê-la, o boneco começou a chorar novamente.

– Otto, por que está chorando? – Bela perguntou, colocando uma mão delicadamente em seu ombro.

– Porque *gostei* de estar vivo! – respondeu, enterrando o rosto no lenço.

– Não temos tempo para isso, Bela – advertiu Lucanos.

Contudo, a jovem não lhe deu atenção, atentando-se apenas a Otto, que havia limpado o rosto e guardado o lenço novamente no bolso da camisa.

– Fui feito em Paris. A condessa viu uma apresentação minha lá e me comprou do meu fabricante. Eu sempre tinha muito ciúme dos humanos que iam me assistir – ele explicou. – E agora, quando fui quase humano, quase consegui entender o que se sente. Por que se ri ou se chora. Quase senti o que sempre quis sentir... O amor.

Otto fez uma pausa e sorriu, mas seu sorriso não era de todo feliz.

– Eu vi como os humanos amam – ele continuou. – É incrível. Uma vez, quando meu fabricante estava me colocando no baú, depois de um show, vi um pai tirar o filho do caminho de uma carruagem que vinha em alta velocidade. O pai salvou o filho, mas morreu em seu lugar. – Otto sacudiu a cabeça impressionado com a memória. – Como deve ser poderoso o amor, pois somente um sentimento tão intenso é capaz de levar alguém a fazer isso.

– É – refletiu Bela, pensando em seu pai e em como ela havia tomado seu lugar no castelo da Fera para que ele pudesse continuar livre.

– Eu queria saber como é isso, no entanto, nunca vou conseguir.

O boneco levou a mão ao bolso, pegou o lenço e o entregou a Bela.

Bela observou o tecido e viu que o que parecia ser sangue, na verdade, era óleo.

– É o máximo que posso fazer. É alguma coisa. Eu... Eu tentei te amar, Bela, quando fingi ser seu pai – disse Otto. Com sua mão de papel machê, tocou a bochecha da jovem com delicadeza. – Eu tentei, mas não consegui. Acho que para amar é preciso ter um coração, e eu não tenho.

– Oh, Otto – Bela disse, abraçando-o com força.

Enquanto acariciava as costas de Otto, ela viu, atrás dele, uma janela com esfarrapadas cortinas de seda vermelha. Então, se lembrou da tesoura que trazia no bolso.

– Espere aqui – instruiu Otto, soltando-o.

Rapidamente, a moça foi até a janela, puxou um pedaço da cortina para baixo e colocou o tecido no chão; alisando a seda, começou a recortar.

Lucanos aproximou uma de suas patas da orelha.

– Tempo? – ele disse, como se ela tivesse perguntado a ele a respeito de quanto tempo ainda tinham. – Ah, não se preocupe com isso! Nós temos todo o tempo do mundo! Só precisamos pegar Morte antes que ela saia do castelo e vá causar mais estragos mundo afora, então, Bela, fique tranquila, use o tempo que precisar. O dia todo, se for o caso.

Foi uma tarefa difícil; a tesoura era pequena e não tinha sido feita para cortar tecido, mas, depois de alguns minutos, sentada sobre seus calcanhares, a jovem segurou o que havia feito: um esfarrapado coração de seda vermelha.

Bela colocou sua tesoura de volta no bolso e chamou Aranae:

– Você poderia me ajudar?

A aranha, apesar de estar impaciente, pegou o coração com suas patas. Então, foi até Otto e subiu em seu peito. Otto olhou para Bela sem entender o que acontecia, mas ela apenas acenou com a cabeça para ele e ficou esperando, mordendo os lábios.

Trabalhando rapidamente, Aranae colocou o coração de pano sobre o lugar no peito de Otto onde estaria seu coração, se ele fosse humano. Usando as presas, perfurou buracos no coração e, com seus fios de aranha, costurou o coração na blusa do boneco. Quando terminou, Aranae deu um tapinha no coração e desceu.

Otto recuperou a respiração. Suas bochechas ganharam cor. Ele olhou para o coração com admiração, então, sorriu para Bela.

– Agora eu sei! Agora eu sei o que significa estar vivo! O amor é a própria magia. E é forte. Muito forte! – Ele girava com os braços abertos. – Eu te amo, Bela! Eu te amo, aranha! Também amo você, besouro!

O coração de Bela ficou cheio de alegria. Ela sorriu para Otto.

Lucanos seguia tenso.

– Isso é tão bom, Otto. Estou feliz por você. De verdade – ele disse. – Mas, se não conseguirmos a moeda de Henri e depois sairmos daqui, Bela vai *morrer.*

Otto, ainda girando, disse:

– Vou ajudar vocês! Adoro ajudar!

Lucanos fechou os olhos e esfregou a testa:

– Otto, se quer nos ajudar, pare de girar e nos diga onde está Henri. Conte como podemos tirar a moeda dele. Temos que saber o que fazer, porque duvido muito que consigamos usar um coração recortado para trazê-lo para o nosso lado.

CAPÍTULO CINQUENTA E DOIS

– Bela! – a Fera gritava. – Bela!

Ele estava parado no meio da biblioteca, com as patas apertadas.

Ao abrir a porta e entrar no cômodo, tinha certeza de que a encontraria ali. Os outros o haviam seguido e também chamavam por Bela.

Mas ela não respondia.

– Ela não está aqui, mestre – disse Lumière, aproximando-se da Fera.

Horloge, Madame Samovar e Plumette também se aproximaram.

– Procuramos em todos os lugares! – disse Plumette.

– Ela nos deixou – afirmou a Fera, expressando o medo mais profundo de todos. – Ela voltou para Villeneuve.

– Mas, mestre, os lobos... – disse Madame Samovar angustiada.

– Pegue meu manto – disse a Fera sombrio. – Vou sair para procurá-la.

– E se for tarde demais? E se os lobos... – Plumette começou a dizer com as penas trêmulas.

Madame Samovar a interrompeu.

– Não diga isso! Nem pense nisso!

A Fera segurou as patas.

– Espere um momento. Isso não faz sentido. Como Bela pode ter partido se as portas da biblioteca estavam trancadas por dentro?

– Ela pode ter saído pela janela, não? – Horloge perguntou. – Bela pode ter saltado e usado a neve para amortecer a queda. Eu mesmo já fiz isso uma vez, quando os prussianos me fizeram prisioneiro, na Batalha de Vellinghausen…

Ninguém ficou esperando para ouvir a história de Horloge: imediatamente correram para as janelas.

– Desta ela não saltou. Ainda está trancada! – gritou Lumière.

– Esta também está trancada! – avisou Madame Samovar.

– Ela teria deixado pegadas na neve… e não há nenhuma pegada lá embaixo – afirmou o mestre, sem entender o que acontecera. – Onde ela pode estar? Como poderia simplesmente desaparecer?

Naquele momento, todos ouviram um forte barulho vindo do fundo da biblioteca. Um segundo depois, Zip virou-se para eles, sem fôlego. Froufrou o seguia de perto.

– Por aqui! – Zip disse ofegante. – Rápido!

– Zip, você a encontrou? – perguntou Madame Samovar.

– Não, mas venha comigo! Rápido! – ele implorou. – Acho que sei para onde ela foi!

CAPÍTULO CINQUENTA E TRÊS

– Eu te amo, Bela – disse Otto muito feliz.

A moça se virou, segurando um dedo nos lábios:

– Eu também te amo, Otto. Mas você poderia ser um pouco mais silencioso? – sussurrou.

Otto assentiu energicamente.

– Eu te amo, Aranae! – ele disse, dessa vez, sussurrando.

Desajeitadamente, Otto correu para alcançar Lucanos, que estava voando ao lado de Bela.

– Eu também amo você, pequeno besouro negro!

– Que bom, meu caro. Mas contenha-se! – Lucanos disse, estremecendo.

Otto apertou o peito:

– Isso machuca meu coração!

– Seu coração, assim como o restante do seu corpo, vai ficar muito mais machucado se Henri nos encontrar em vez de nós o encontrarmos! – Lucanos cochichou.

Otto franziu o cenho.

– Além disso, seria possível não ranger? – perguntou Lucanos, com certa irritação.

– Não posso ajudá-lo nesse aspecto! – Otto respondeu.

Bela se virou e pediu silêncio aos dois.

Eles haviam saído do escritório onde se encontraram com Otto e, agora, procuravam por Henri.

– Tenho certeza de que ele não pode nos ouvir. Quem consegue escutar alguma coisa com essa música horrível tocando? – afirmou o boneco.

Bela e seus amigos estavam se aproximando do conservatório, e a música ficava cada vez mais alta, com notas mais duras e mais dissonantes.

– E se for Henri quem está tocando essa música horrorosa? – perguntou Lucanos.

– Só há uma maneira de descobrir – disse Bela diante da entrada do conservatório.

As enormes portas duplas da sala estavam abertas e dobradas contra as paredes laterais. A jovem avançou para poder espiar quem estava dentro da sala e viu uma marionete sentada diante de um cravo, tocando. Seus movimentos eram bruscos, seus ombros, duros sob a jaqueta comida por traças.

Com medo de que o boneco se virasse e pudesse vê-la, recuou.

– É ele? – Lucanos perguntou.

– Sim – Bela murmurou encostada na porta. O medo a dominava. – Como vamos pegar a moeda?

– É muito simples – disse Otto.

Lucanos revirou os olhos:

– O que você sugere? Que o abracemos até levá-lo à morte?

– Não, que cortemos suas cordas. Ele é uma marionete, não é? Deve ter cordas – disse Otto.

– Otto, isso é brilhante! – Bela sussurrou. – Se cortarmos as cordas, ele não poderá vir atrás de nós.

Otto sorriu.

Lucanos rastejou até a entrada do conservatório, depois voltou e disse:

– Não vejo nenhuma corda.

– Não significa que elas não estejam lá – afirmou o boneco. – Quando a condessa o encantou, deve ter feito suas cordas ficarem invisíveis. Se pudermos nos aproximar dele, podemos derrotá-lo!

– Sim – disse o besouro, lançando um olhar preocupado para as portas. – Desde que...

– Desde que o quê? – indagou Otto.

– Desde que ele não acabe com a gente antes.

CAPÍTULO CINQUENTA E QUATRO

BELA FICOU NA porta, com a tesoura na mão.

Seu coração batia tão forte que ela tinha certeza de que Henri poderia escutá-lo.

Reunindo toda sua coragem, Bela entrou na sala deslizando pé ante pé. Lucanos e Aranae rastejavam silenciosamente atrás dela. Otto ficou junto às portas para evitar que seus rangidos atrapalhassem o plano.

Henri continuou a tocar sua peça macabra, e a jovem rezou para que ele estivesse suficientemente atento à música a ponto de não sentir sua presença. Ao se aproximar, percebeu que algo vibrava acima dele.

Suas cordas!, ela pensou. *Otto estava certo!*

A magia da condessa estava fraquejando, mesmo em Henri. Bela conseguiu ver as cordas que prendiam sua cabeça, sua mandíbula, seus ombros e seus punhos. Mais cordas estavam presas às suas pernas. Bela seguiu as cordas com o olhar, mas elas pareciam desaparecer no ar.

Qual delas devo cortar primeiro?, se questionou. *As cordas que controlam suas mãos, para ele não poder me agarrar? Ou as que controlam seus pés, para que ele não possa correr atrás de mim?*

Bela, então, se lembrou da expressão cruel no rosto de Henri quando ela lhe deu a moeda. Lembrou-se também de como ele a obrigara a entrar na residência de veraneio. E se ela não conseguisse cortar as cordas antes que ele percebesse o que ela estava fazendo ali? E se ela simplesmente não conseguisse cortar as cordas?

A moça quase fraquejou, embora quisesse continuar.

Só mais um pouquinho, disse a si mesma, *e você terá a moeda de volta.*

Lenta e calmamente, aproximou-se de Henri. Dez passos viraram oito, que viraram três. Logo, estava atrás dele, perto o suficiente para ver os remendos mal costurados em sua jaqueta, a peruca feita com pelos da cauda de um cavalo e as articulações de madeira de suas mãos.

Agora, Bela, disse a si mesma. *Seja rápida e corajosa.*

Bela levantou a tesoura, abrindo as lâminas.

E foi então que a cabeça de Henri girou de repente, em uma meia-volta.

CAPÍTULO CINQUENTA E CINCO

Os OLHOS DE vidro de Henri tinham um intenso brilho, e seus lábios se torciam em um sorriso cruel.

– Você gosta desta peça, Bela? Eu mesmo a compus e a chamo de *Prelúdio para a Morte*.

Então ele se levantou e tirou a tesoura da mão de Bela, atirando-a no chão.

– Não! – Bela suplicou, jogando-se ao chão para recuperar sua única arma.

Mas Henri agarrou seu braço, segurando-o contra suas costas.

– Me solte, Henri! – ela gritou, tentando se libertar.

Mas ele apenas segurou seu braço com mais força, fazendo-a cair de joelhos por conta da dor.

– Qual é o problema, Bela? Não gosta mais desta história? – ele perguntou.

Otto, agarrando seu coração, correu para a sala.

– Aguente firme, Bela! Estou chegando! Vou salvar você! – ele gritou, indo na direção da tesoura.

Mas, antes que pudesse pegá-la, tropeçou, caiu e entrou em colapso. Uma de suas orelhas caiu e sua perna esquerda dobrou-se para trás na altura do joelho.

– Otto? É você mesmo? – Henri perguntou com desprezo. – O que está fazendo aqui?

– Estou ajudando minha amiga – Otto respondeu, lutando para conseguir se sentar.

– Você é um boneco mecânico, seu idiota. Não tem amigos.

– *Tenho, sim* – Otto insistiu obstinadamente, apontando para o seu coração de tecido. – Bela me deu isso. Ela me ama.

Henri riu, mostrando os dentes de porcelana.

– Você não passa de uma pilha de lixo. Nem sabe o que é o amor.

– Eu *não sabia* o que era o amor – Otto admitiu com sinceridade – até Bela me amar.

– Ela só amou você porque pensou que fosse seu pai – disse Henri.

– Naquele momento, talvez. Mas agora ela ama quem eu sou. Otto.

Henri resmungou.

– E qual é a vantagem disso para você? Está quebrado, nem consegue se levantar! – Henri balançou a cabeça. – De todos os estúpidos sentimentos que os seres humanos possuem, o amor é certamente o mais idiota. Você não concorda comigo, Bela?

Bela olhou Otto, que lutava para tentar colocar a perna no lugar, sem conseguir, e se arrastava pelo chão, ainda tentando chegar até a tesoura. Ele estava destruído, mas não havia desistido.

Ela pensou em Madame Samovar preparando chá para ela e servindo junto com queijo-quente. E também pensou em Lumière, Horloge e Plumette auxiliando na limpeza da biblioteca. E em Zip espalhando migalhas de pão na neve com ela.

Eles me amam. São meus amigos, Bela pensou.

A jovem lembrou-se da Fera patinando, mesmo sem saber, apenas porque aquilo a deixava feliz. E se lembrou de que ele lhe dera sua biblioteca porque sabia que ela adorava ler. Também se recordou do momento em que a Fera enfrentara uma alcateia de lobos para salvá-la.

Talvez eu tenha feito mau juízo dele, pensou. *Talvez ele seja um amigo. Não é o amigo mais fácil que já tive, mas ainda assim... é um amigo.*

Ela pensou no padre Robert, em Agata e em seu pai.

Então se levantou.

– Não, Henri, *não* concordo com você – ela disse. – O amor não é um sentimento idiota. É difícil, é confuso, mas é maravilhoso. Amar e ser amado, é tudo que importa. Não consegue entender?

– Humm, não. Acho que não consigo – disse Henri, fingindo pensar.

– Deixe-me ir, Henri. Por favor – Bela implorou.

Então, milagrosamente, Henri a soltou.

CAPÍTULO CINQUENTA E SEIS

As mãos de madeira da marionete soltaram Bela e caíram ao lado do corpo do boneco. Na sequência, as pontas de duas cordas percorreram o ar assoviando e pousaram no chão.

– Obrigada, Henri – disse Bela, sentindo um profundo alívio.

– O quê? Não! Não me agradeça! Eu não queria soltar você! O que aconteceu? – Henri gritou.

Ele movia os ombros, tentando levantar os braços, mas seu esforço era em vão. Henri e Bela olharam para cima. Lucanos, agarrado a uma das cordas da marionete, saudou-os.

– Subimos aqui enquanto vocês três refletiam sobre o valor dos sentimentos – disse o besouro. – Aranae roeu a corda que comandava a mão direita de Henri. E eu mordi a que comandava a esquerda.

Quando o besouro terminou de falar, ouviu-se um forte impacto, e Henri pendeu intensamente para a direita.

– Mas que raios está acontecendo? – ele gritou, olhando em volta com raiva.

Otto ficou parado, equilibrando-se com dificuldade sobre sua perna torta, com a tesoura na mão. Ele havia cortado a corda que comandava o ombro direito de Henri.

– Pare com isso, Otto! – Henri gritou. – Mate esses insetos e acabe com a garota! Agora! Ou você terá de responder a *ela!*

Foi possível ouvir outro ruído quando Otto cortou a corda atada à perna esquerda de Henri, que tentou avançar, mas apenas conseguia girar em círculos em torno de sua perna direita.

– Venham! – ele gritou. – Todos vocês! Venham até mim, *agora!*

Bela olhou para a porta.

– Otto, corte a corda no maxilar! – ela gritou, mas era tarde demais.

Henri havia convocado todas as demais criaturas que estavam na residência de veraneio, e elas vinham, cambaleando, na direção do conservatório com o pouco de magia que ainda lhes restava.

Otto cortou rapidamente outra corda, depois mais uma. A cabeça de Henri caiu para a frente, depois o tronco. Quando o boneco cortou a corda que estava presa à sua cintura, Henri caiu no chão como um amontoado de madeira.

Logo depois, dezenas de marionetes e bonecos começaram a se aglomerar na entrada do conservatório.

– Não temos para onde ir! – gritou Otto.

Bela analisou o fundo da sala. Os móveis quebrados estavam por todo o lado. A parede mais distante tinha três pares de portas francesas.

– Chegue até as portas, Otto! – ela gritou. – Rápido!

Bela se ajoelhou e enfiou as mãos nos bolsos da jaqueta de Henri. Ao encontrar sua moeda, também se dirigiu para o fundo da sala.

Aranae, em segurança, subiu por uma parede e Lucanos fez o mesmo. Bela colocou a mão na maçaneta de uma das portas e tentou virar, mas estava trancada. Tentou as outras portas, todas trancadas.

– Matem-nos! – gritou Henri. – Todos eles!

Bela olhou para trás. Otto, com dificuldade, tentava se aproximar dela o mais rapidamente possível, mas não era suficiente. As criaturas, sob o comando de Henri, aproximavam-se dele. Otto se esforçava para livrar-se dos bonecos, mas sua perna ruim não permitia que ele avançasse. O terror estava gravado em seu rosto.

– Não! – Bela gritou. – Fiquem longe dele!

Ela correu na direção de Otto, colocou um dos braços do boneco sobre os ombros e o arrastou para o fundo da sala, onde o apoiou em uma mesa.

O exército malvado de Henri continuava avançando. A cabeça de uma marionete pendia para o lado, presa a seu pescoço. Um olho de botão estava pendurado por uma corda, saindo da cabeça de uma boneca imunda.

Bela pegou um candelabro da mesa e o utilizou para quebrar uma das vidraças. Ela passou o braço pelo vidro quebrado e tentou abrir a porta, movendo a maçaneta pelo lado de fora, mas não adiantou.

As criaturas estavam muito perto de Bela, que corria, desesperada, em busca de uma saída, uma maneira de salvar a si mesma e a seus amigos.

Foi então que a jovem viu uma cadeira caída sob a mesa e a puxou.

– Bela, saia já daí! Eles estão indo na sua direção! – gritou Lucanos.

Bela arrastou a pesada cadeira na direção das portas francesas.

– Hora de começar a escrever minha própria história, Lucanos – ela disse.

Usando toda a força que tinha, Bela ergueu a cadeira sobre a cabeça e a arremessou contra as portas.

CAPÍTULO CINQUENTA E SETE

VIDRO QUEBRADO E pedaços de madeira voaram quando a cadeira quebrou as portas, deixando um buraco enorme.

– Vamos! – Lucanos disse, descendo do teto.

Em um instante, o besouro estava do lado de fora, Aranae logo atrás dele. Bela correu para Otto.

– Me deixe aqui, Bela – disse ele. – Eu só vou atrapalhar.

Contudo, a jovem não lhe deu ouvidos e gentilmente ergueu a metade inferior de sua perna, tentando girá-la para que se encaixasse novamente. Mas o movimento fez com que ele perdesse o equilíbrio e caísse sobre a mesa.

A massa de bonecos se aproximava cada vez mais. Alguns de pé, outros caídos, todos com semblantes tristes e vazios que olhavam diretamente para a frente.

Bela sabia que tinha apenas alguns segundos. Torceu a parte inferior da perna de Otto com um movimento brusco e depois a encaixou na bola de metal que lhe servia de joelho.

Otto deu um grito.

– Vamos! – Bela disse, agarrando sua mão.

Então enfim atravessou a porta, puxando Otto e conseguindo escapar por um triz.

Lucanos e Aranae estavam esperando-os do lado de fora.

– Vamos! – disse o besouro.

– Isso foi emocionante! – comentou Otto.

– Sim, Otto. Foi. Bastante emocionante. Como está sua perna? – Bela perguntou.

– Está bem! – disse o boneco, sacudindo-se. – Viu?

– Que bom. Temos que nos apressar. Você consegue correr?

– Vou tentar – Otto disse jocoso. – Eu amo correr! Ainda mais assim... *Amo* fugir!

– Antes que isso tudo chegue ao fim ou eu mato você ou me mato! – declarou Lucanos.

– Sei do que estamos fugindo, mas para onde estamos indo? – questionou o boneco.

– Estamos indo para o castelo. Encontrar a condessa – Bela respondeu com uma notável determinação na voz. – Ela não sabe nada da minha história. Eu que sei.

Bela confirmou estar com o lenço e com a moeda. O grupo seguiu pelo caminho de terra que levava de volta ao castelo, Otto chacoalhando ao lado de Bela, Aranae pendurada em seu ombro e Lucanos voando logo atrás deles.

CAPÍTULO CINQUENTA E OITO

– Por aqui! Rápido! – Zip gritou, aproximando-se das enormes estantes.

A Fera estava logo atrás dele, junto a Lumière, Madame Samovar, Horloge, Plumette e Froufrou.

Zip correu até o final da estante e parou diante de uma pequena porta que estava ligeiramente entreaberta.

– Eu não tinha ideia de que havia outro cômodo aqui atrás! – disse Lumière.

– Era um escritório – a Fera explicou. – Era onde trabalhava o bibliotecário do castelo.

Com cautela, a Fera entrou no escritório com seus criados o seguindo.

Ele imediatamente viu que Bela não estava no cômodo, mas havia algo ali: perto da janela, havia um enorme livro aberto e, em suas páginas, era possível ver a imagem de um jardim malcuidado. A paisagem parecia estar atrás de um espesso pedaço de vidro.

Os pelos da besta se arrepiaram quando se aproximou e analisou a imagem com atenção. Um grunhido ameaçador escapou de sua garganta. Ele sabia que a biblioteca também estava enfeitiçada, mas seu instinto lhe dizia que aquilo era novo e diferente, que era algo sombrio e malévolo.

– O que foi, mestre? – perguntou Madame Samovar.

– É um livro mágico, mas nunca o vi antes. Não tenho certeza do que ele faz.

– Afastem-se, todos! – Horloge declarou. Ele agarrou um pedaço de madeira que estava encostado na parede e cutucou o livro.

O bastão fez um som agudo quando atingiu a página, como se tivesse tocando uma camada de gelo.

– Bela está aí dentro – disse Zip.

– Como sabe disso, Zip? – perguntou Lumière.

Zip apontou para o chão. Caída na frente do livro, estava a fita azul que Bela usava.

– Ela nos deixou. Foi embora – afirmou a pequena xícara.

A Fera sabia o que significava o pesar na voz do jovem. Ao perdê-la, os criados perderam sua única chance de quebrar a maldição que os transformara no que eram. Eles estavam presos ao que havia naquele castelo, àquela vida, àquele destino... para sempre.

Madame Samovar se afastou do livro, mas não antes de deixar escapar um soluço baixo.

A Fera sabia que ela não estava pensando em si mesma, nem nele, nem em nenhum dos criados, pensava em apenas em uma pessoa: Zip, seu garotinho. Estava pensando em como sua vida terminaria ali, naquele castelo amaldiçoado, antes mesmo de começar.

Horloge devolveu o bastão ao lugar onde o havia encontrado e, pela primeira vez, ficou em silêncio.

As chamas de Lumière escureceram enquanto ele e Plumette trocavam olhares apaixonados.

A Fera pegou a fita azul e se afastou dos criados, a cabeça baixa, o coração tão pesado como uma pedra.

CAPÍTULO CINQUENTA E NOVE

— Esquerda ou direita? — Lucanos indagou ao se aproximarem do final do caminho.

— Esquerda! — Bela gritou de volta sem fôlego.

Ela havia corrido o mais rápido que podia por todo o caminho, com Aranae presa ao seu ombro e olhando para trás para se certificar de que Lucanos e Otto ainda a seguiam.

Lucanos sim, mas Otto, não.

— Otto! Onde está você? — ela chamou, virando-se para trás.

Bela logo teve sua resposta: Otto estava deitado no chão à beira da estrada, parecendo atordoado.

— O que está fazendo? — ela perguntou, ajudando-o a se levantar. — Não é hora de brincadeira. Temos um longo caminho a percorrer!

— Eu... Eu caí — ele disse, levantando-se do chão.

O boneco caminhou, trêmulo, aproximando-se da estrada novamente, mas, quando tentou pisar no caminho de terra outra vez, deu um salto e caiu para trás. Era como se tivesse batido em uma parede.

— O que está acontecendo? — Bela se questionou, pegando na mão de Otto. — Vamos caminhar juntos — ela disse, puxando-o.

Mas não adiantou: ela conseguia pisar na estrada, Otto, não.

Lucanos, que estava voando em círculos, pousou no outro ombro de Bela, do lado oposto ao que Aranae estava.

– É o trabalho da condessa – ele disse sombriamente. – Ela o prendeu a este lugar.

Otto assentiu:

– Ele tem razão. É por isso que todos os outros bonecos da casa de veraneio não vão embora. Você tem que continuar sem mim.

– Não – Bela retrucou. – Deve haver uma maneira de tirar você daqui.

– Não existe nenhuma maneira de me tirar daqui – disse Otto. – E você está perdendo tempo. Tem que ir. Agora, Bela.

– Mas o que acontecerá com você? – Bela perguntou. – E se a condessa descobrir que nos ajudou? E se castigá-lo?

– Ela não pode me punir se não consegue me manipular – afirmou o boneco. – Pegue a chave das minhas costas e jogue-a fora. Jogue-a em uma lagoa. Em um poço fundo. Em algum lugar onde ela não possa encontrar.

– Mas isso... Quer dizer... Isso seria o seu fim, Otto – Bela sussurrou.

– Está tudo bem, querida – respondeu o boneco, sorrindo bravamente. – Tenho certeza de que vivi e amei mais em uma hora do que muitos humanos fazem durante toda uma vida.

Bela abraçou Otto com força. Ele devolveu o abraço.

– Antes de ir, me prometa uma coisa, Bela... – ele murmurou. – Continue sendo a autora de sua própria história. Nunca deixe ninguém mais escrever a sua história.

– Eu prometo – Bela respondeu com a voz embargada.

Otto manteve o abraço por mais alguns segundos. Quando se soltaram, seu sorriso desapareceu. Seus olhos se fecharam e ele apertou seu coração de seda vermelha.

– Otto? O que foi?

Ele olhou para ela, confuso.

– Oh, minha querida. Isso também é amor? Essa dor terrível?

Bela assentiu.

– O amor é difícil. Não tinha ideia de que pudesse doer tanto assim. E vale a pena?

– Sim – disse Bela. – O amor vale a pena.

– Por favor, Bela – Otto pediu. – Já que tenho que partir, quero que seja com meus amigos à minha volta... Com amor...

A moça concordou e, então, agarrou a chave de cobre e a retirou das costas de Otto. A luz desapareceu dos olhos de vidro do boneco. Seu sorriso escureceu. Ele caiu.

Bela colocou a mão em seu próprio coração. Aquela dor havia sido terrível. Ela se lembrou das palavras de sua amiga Agata: "O amor não é para os covardes".

– Você foi o mais corajoso, Otto – ela sussurrou.

– O castelo fica a meia hora de carruagem da residência de veraneio, e você está a pé, Bela. Precisamos seguir em frente – disse Lucanos, ainda pousado em seu ombro.

Bela assentiu.

– Então vamos! – Lucanos saiu voando à sua frente.

Mas ele não foi rápido o suficiente para esconder de Bela o brilho de uma lágrima em seus brilhantes olhos negros.

CAPÍTULO SESSENTA

Bela, completamente exausta, mal conseguia caminhar. Ela se apoiou em uma árvore perto do castelo da condessa para recuperar o fôlego.

Seu vestido estava coberto de poeira da estrada de terra, e sua barra estava cheia de espinhos e pedaços de vegetação, além de estar molhada por conta da parada feita em uma lagoa para jogar a chave que animava Otto.

O percurso da casa de veraneio até o castelo levou mais de duas horas por aquela estrada densamente coberta de mato, com trechos que tinham espessos emaranhados de raízes.

O poder do encantamento da condessa tornou-se evidente para Bela durante o caminho. O que ela pensava ser lindos e exuberantes pomares de pera, maçã ou cereja, na verdade, eram árvores negras, castanheiras ou romãzeiras. Celeiros de pedra enormes haviam dado lugar à imagem do *Palais-Royal*, com pilares de sustentação à sua frente e vagões apodrecidos que antes pareciam carruagens. O passeio que ela e a condessa supostamente tinham feito do castelo até Paris, percebeu Bela, provavelmente não as havia levado além daquela mesma estrada de terra.

Lucanos, exausto, descansava na palma da mão de Bela.

– Mal dá para ver o castelo – disse ele.

As árvores que contornavam o caminho coberto de cascalho estavam tão altas, com os galhos tão emaranhados, que obscureciam toda a paisagem.

Depois de descansar por um momento, Bela voltou para a estrada. Já estava escuro. Embora a lua estivesse atrás de uma nuvem, seu brilho ainda era suficiente para iluminar o caminho.

Ao aproximar-se do castelo, a moça viu que muitas janelas estavam quebradas e havia um buraco gigantesco no telhado. O musgo subia pelos dois leões de pedra que flanqueavam a escadaria, que, por sua vez, era bastante modesta.

Bela parou quando chegou aos degraus e observou a casa, vendo o brilho fantasmagórico de um candelabro passando pelas janelas.

– Ela está aí dentro – Bela disse, sombriamente, antes de começar a subir os degraus.

CAPÍTULO SESSENTA E UM

BELA PAROU DIANTE do castelo da condessa e agarrou sua imensa maçaneta de bronze.

Sentia como se a tarefa que estava prestes a enfrentar fosse quase impossível. Ela e Lucanos haviam tentado definir um plano durante o caminho até ali, mas descobriram que era muito difícil fazer um plano quando você não tem a menor ideia do que está planejando.

– Como vamos fazer isso? – Lucanos perguntou em um sussurro. – Como vamos pegar a pulseira?

– Podemos pedir, educadamente, para que a condessa a nos dê? – Bela sugeriu com uma risada sem graça.

Ela abriu a porta. As dobradiças rangeram baixo durante o movimento e Bela desejou, desesperadamente, que ninguém mais tivesse ouvido o ruído.

Bela atravessou o hall buscando ouvir vozes ou movimentos. Alguém andava pela casa com um candelabro apenas alguns momentos antes. Quem seria?

Um instante depois, ela teve sua resposta.

Viu Mouchard, na forma humana outra vez, carregando uma pilha de roupas. Atrás dele, uma jovem criada.

Uma grande escadaria de pedra em espiral levava do hall de entrada para os andares superiores. Bela, Lucanos e Aranae conseguiram se esconder sob a escada.

– Nossa ama já se recolheu – disse Mouchard, parando a poucos metros de distância de Bela e seus amigos. – Ela não deve ser perturbada. Diga aos outros criados que fiquem longe do terceiro andar. – Ele colocou as roupas que carregava nos braços da jovem e prosseguiu: – Limpe o manto de viagem da condessa, cuide de suas botas e lustre seu cetro. Tudo deve estar pronto pela manhã – ele a instruiu. – Há um surto de febre em Veneza e ela deseja partir ao amanhecer.

A empregada deu um rápido aceno de cabeça, indicando ter entendido as ordens, e foi para um lado. Mouchard foi para o outro.

– Já sei o que devemos fazer! – Bela murmurou com entusiasmo assim que os dois se afastaram.

– Bem, querida, não guarde suas ideias para você – disse Lucanos.

– A condessa está dormindo. Deve ter tirado as joias e guardado-as em um criado-mudo ou em um porta-joias. Tudo o que temos que fazer é entrar em seu quarto e pegar a pulseira!

– Que plano maravilhoso! – Lucanos exclamou. – Tudo o que temos de fazer é roubar a própria Morte. Nada de mais!

Bela o observou de soslaio.

– Tem uma ideia melhor?

– Infelizmente, não – negou o besouro.

– Vamos, vamos – disse Bela, saindo do esconderijo. – Graças a Mouchard, sabemos onde é o quarto dela.

Os três subiram as escadas silenciosamente. Quando chegaram ao terceiro andar, depararam-se com um largo corredor que seguia em duas direções opostas. O caminho à direita estava no mais completo breu. Velas acesas presas às paredes iluminavam o lado esquerdo. No final do corredor, podia-se ver mais luz de velas brilhando por baixo de uma porta no final do corredor.

Lucanos apontou para a porta:

– Algo me diz que aquele é o quarto da condessa.

Os três se aproximaram silenciosamente do quarto. Bela colocou a orelha contra a porta, mas não ouviu nada e girou a maçaneta.

A luz cegou seus olhos quando a porta se abriu. Velas altas, pelo menos uma centena delas, queimavam no cômodo.

Reconhecendo o perfume da condessa, sentiu um cheiro pesado e picante que encheu o ar. Mas ela também já havia sentido o cheiro em outro lugar, e agora conseguia se lembrar onde: nos funerais na igreja de Villeneuve. Mirra, óleos de canela e cravo, coisas que eram usadas para ungir os mortos.

O pensamento a enervou e a fez se lembrar, como se ela pudesse haver se esquecido, de com quem estava lidando.

O quarto era frio e tinha pouca decoração; o teto alto e inclinado. A condessa estava deitada em uma enorme cama com dossel. Seus pilares esculpidos representavam esqueletos. Em sua cabeceira, outro esqueleto estava esculpido, este sentado em um trono, com uma coroa de louro sobre o crânio. Para Bela, aquela imagem lembrava uma lápide.

Os olhos da condessa estavam fechados. Sua mão direita descansava sobre seu peito e a esquerda estava ao seu lado. O coração da jovem ficou apertado ao ver que a condessa não havia tirado a pulseira, que permanecia envolvendo seu punho. Como eles poderiam pegar a joia sem acordá-la?

– Isso ficou muito mais difícil – ela murmurou.

Bela começou a se aproximar da cama, mas Aranae levantou uma de suas longas patas, fazendo-a parar.

Sem emitir qualquer ruído, a aranha subiu pela cabeceira da cama, colocou-se no topo dela e começou a fiar sua pegajosa trama, aproximando-se da condessa.

Aranha inteligente!, Bela pensou.

Rápida e diligentemente, Aranae trabalhou, com cuidado para não encobrir a pulseira ou o rosto da condessa e, principalmente, para que a condessa não sentisse os fios sobre sua pele e acordasse. Quinze minutos depois, o corpo da condessa estava totalmente coberto pela branca e sedosa teia, que tinha como base o dossel da cama.

– Obrigada, Aranae! – Bela sussurrou enquanto a aranha finalizava seu trabalho.

A aranha assentiu.

Bela se aproximou da condessa adormecida. Seu coração estava acelerado e teve de fechar as mãos em punhos para parar de tremer.

Quando chegou à cama, a jovem respirou fundo. Então, curvou-se sobre a condessa e mexeu com cuidado no fecho de ouro da pulseira.

O fecho se abriu.

E os olhos da condessa também.

CAPÍTULO SESSENTA E DOIS

– Você… – a condessa disse friamente.

Ao tentar se levantar, ela não conseguiu. Então, calmamente, observou seu corpo e voltou a encarar Bela.

– Há mil maneiras de morrer, minha querida – ela disse. – Algumas mortes são tranquilas, e outras são muito, muito sofridas. A sua morte se encaixará na segunda opção caso tire essa pulseira do meu braço.

Aterrorizada, Bela rapidamente desenrolou a pulseira do punho da condessa.

Então correu para salvar sua vida.

CAPÍTULO SESSENTA E TRÊS

Bela saiu correndo do quarto, seguiu pelo longo corredor e desceu as escadas em espiral. Corria o mais rápido que podia, com Lucanos e Aranae liderando o caminho.

Assim que chegou ao fim da escadaria, Mouchard, atraído pelo barulho das botas de Bela contra os degraus, apareceu apressado. Ele gritou de raiva ao vê-la e depois a atacou.

Ela não tinha a menor chance de conseguir se livrar dele, pois Mouchard era muito grande e ágil. Ela olhou em volta desesperada, sem saber para onde correr. Então, Lucanos, que estava no chão, entre Bela e Mouchard, gritou:

– A pulseira, Bela! Jogue-a para mim!

Bela obedeceu ao besouro, que segurou uma das pontas da pulseira e jogou a outra para Aranae. Eles a esticaram bem e fizeram Mouchard tropeçar. O criado caiu sobre o chão de pedra, provocando um tremendo barulho.

– Corra, Bela, *corra!* – Lucanos gritou, entregando-lhe a pulseira.

Bela pegou a joia feita com seus cabelos e correu pela porta, descendo os degraus e indo em direção ao caminho que precisaria seguir, mas ele havia desaparecido. O mato estava alto, e não era mais possível enxergar caminho algum.

A jovem correu por entre os arbustos e o mato crescido se esforçando ao máximo para chegar até o portal, mas havia muitos espinhos e raízes no percurso. As roseiras estavam enormes, e as próprias rosas tinham crescido tanto que chegavam ao tamanho de um prato de jantar. As pétalas acompanhavam Bela em sua corrida e tinha certeza de que podia ouvir as flores cochichando entre si.

Quando conseguiu vencer o canteiro de rosas, se deparou com outro obstáculo: uma sólida parede verde. As árvores formavam um labirinto. Seus ramos, densamente unidos, bloqueavam a passagem. Caminhos estreitos serpenteavam para a esquerda e para a direita.

– Para onde? – perguntou Lucanos.

– Não sei – respondeu Bela. Ela teria de escolher um e torcer para ser o certo. – Vamos para a direita!

Os três se apressaram, os raios da lua iluminavam seus passos. Pouco depois, o caminho se fechou em um beco sem saída.

– Droga! – Bela disse irritada.

Ela se virou, pronta para seguir correndo, e deu de cara com um sapo bloqueando o caminho. Bela já o vira uma vez, quando ele tinha o tamanho de um gato. Mas agora ele era do tamanho de um pônei. Seus olhos amarelos a mediram de cima a baixo e, depois, viraram para Lucanos e Aranae. Uma grossa baba prateada pingou do canto de sua enorme boca.

Aranae se mexeu com medo.

– Sim, vejo que é um sapo. E, sim, eu sei o que os sapos comem! – Lucanos disse nervoso.

O sapo se moveu, sua branca barriga gigante arrastou-se pelo chão.

– Nem pense nisso – advertiu Bela, empurrando Lucanos e Aranae para trás de si.

Mas o sapo continuou vindo em sua direção.

Pensando rapidamente, Bela quebrou o galho de uma árvore e apontou para o animal:

– Último aviso! – ameaçou.

Mas o sapo, ganancioso, não lhe deu atenção. Bela, então, o golpeou. A criatura gritou de dor e se escondeu sob alguns arbustos.

A jovem seguiu lutando. Os pássaros noturnos gritavam seus cantos duros e assustadores. Criaturas gosmentas deslizavam sob seus pés.

Ela e seus amigos seguiram outro caminho. E depois mais outro, tentando chegar ao centro do labirinto, mas apenas encontravam becos sem saída.

Depois de mais uma tentativa sem sucesso, Bela, com as mãos e os braços arranhados pelos espinhos e os cabelos cheios de gravetos e folhas, parou. O pânico a estava dominando e sussurrava em seu ouvido que ela jamais conseguiria sair daquele labirinto, contudo, ela se recusou a ceder, pois sabia que, se o fizesse, aí, sim, ficaria perdida para sempre.

Bela começou novamente a buscar outro caminho para seguir quando ouviu um som baixo e profundo. Parecia com um moinho. Ou com alguém mexendo na pesada tampa de pedra de um túmulo.

– O que é isso? – perguntou Lucanos. – Até parece um animal.

Eles ouviram de novo. Dessa vez, mais perto; tão perto que parecia estar exatamente do outro lado da parede de vegetação.

O sangue da moça gelou.

– Aranae, Lucanos... Corram! – ela disse. Sua voz não passava de um sussurro. – Corram!

– Correr? Por quê? – perguntou Lucanos. – O que está...

As palavras do besouro foram interrompidas quando Bela o pegou. Não havia tempo para explicações. Ela agarrou Aranae também e seguiu o novo caminho que encontrara, rezando para ser o certo.

Os ruídos que eles ouviram apenas poderiam ter vindo de um lugar, e Bela sabia de onde.

Eram os leões de pedra da condessa.

CAPÍTULO SESSENTA E QUATRO

Correndo desajeitadamente, Bela seguiu o novo caminho. Seu vestido se prendeu a um galho, mas ela conseguiu se soltar.

– O que está acontecendo? – Lucanos questionou. – E me solte agora mesmo!

– Leões... – Bela disse ofegante. – As estátuas... Da escada...

Um rugido ecoou na noite. Na sequência, outro rugido. Agora eles pareciam vir de duas direções diferentes.

– Eles se separaram – disse Bela. – Estão nos procurando.

Fazendo uma curva, seguiu o caminho que serpenteava mais para dentro do labirinto.

Onde está o portal?, Bela se perguntou, apavorada. *Talvez na próxima curva. Devemos estar perto.*

Ela estava quase chegando na curva quando uma criatura surgiu, vindo pela direção oposta.

Ela congelou.

Esculpido em mármore branco, o leão brilhava à luz da lua. Uma juba exuberante saía de sua cabeça e caía sobre seus poderosos ombros. Os músculos se ondulavam sob a pele a cada passo que ele dava. Uma luz azul misteriosa cintilava em seus olhos.

Ao encontrar os olhos de Bela, o leão rugiu, revelando dentes afiados e pontudos.

Lentamente, a jovem recuou. Ao olhar para trás, viu o segundo leão surgir na outra extremidade do caminho, bloqueando sua fuga.

Com as cabeças baixas, as caudas se movendo, eles se aproximavam. Não havia nenhum lugar para onde fugir.

– Não – ela implorou, seus olhos arregalados de pavor. – Por favor... Não!

Suas pernas começaram a tremer.

– Não há saída, Bela. Esse é o fim – disse Lucanos com a voz fraca.

– Não, Lucanos. Não vou deixar que ela faça isso. Sempre existe uma saída. Se eu não posso ir para a esquerda ou para a direita, então tenho de ir para cima! – disse a moça, decidida.

Ela se agarrou à cerca viva e, com a ajuda de um galho, começou a escalá-la. Aranae seguia à sua frente e Lucanos voava.

Quando os leões perceberam o que os três estavam fazendo, começaram a correr.

– Depressa, Bela. Mais rápido! – gritou Lucanos.

Ele voava debaixo dela cutucando-a com seus chifres.

– Ai! – Bela gritou, indo cada vez mais alto.

Os ramos eram densos. Eles batiam em seu rosto e machucavam seus olhos e sua pele, mas ela ignorava a dor e seguia em frente. Em apenas alguns segundos, estava a dois metros do chão.

As feras estavam abaixo dela, rugindo e se movendo. Uma delas começou a escalar a parede verde. Como a maioria dos leões, eles eram bons naquilo, mas, diferentemente da maioria dos leões, aquele era feito de pedra, e os ramos se quebravam com seu peso.

Bela subia cada vez mais alto, quase alcançando o topo das árvores, prestes a pisar em um galho forte e resistente quando a raiz onde estava apoiado seu pé esquerdo se rompeu.

Bela gritou. Suas mãos seguraram com força a vegetação à sua frente e suas pernas ficaram penduradas. Os leões saltavam o mais alto que podiam, mostrando suas garras letais, mas não conseguiam alcançá-la.

Depois do que pareceu ser uma eternidade, ela conseguiu apoiar o pé direito em um galho. Assim, conseguiu colocar também o pé esquerdo. Retomou a escalada e, logo, chegou ao topo de uma árvore.

Ela olhou para baixo e soltou um longo e alto suspiro de alívio.

No pé da árvore estava o livro. E com ele, a saída de *Nunca Mais*.

Ela estava quase em casa.

CAPÍTULO SESSENTA E CINCO

– Você está quase lá. Continue. Um passo de cada vez – Bela disse a si mesma.

Ela estava quase chegando ao outro lado da cerca viva, quase fora do labirinto. Olhando por cima do ombro, viu o livro, exatamente onde deveria estar. Em apenas alguns instantes, ela entraria nele e deixaria *Nunca Mais* e a condessa para trás.

Saltou no chão.

– Obrigada, Lucanos. Obrigada, Aranae! – agradeceu seus amigos, que já estavam lá embaixo. – Acho que vai dar certo.

Mas Lucanos não respondeu. Seus olhos estavam fixados em *Nunca Mais*.

Bela seguiu seu olhar e viu que o brilho prateado de suas páginas não estava ondulando, como costumava acontecer. Ele não se movia. Estava absolutamente imóvel, como um lago congelado.

Bela pressionou a palma da mão contra a página. Era tão dura e fria quanto o gelo. Analisou a imagem, esperando ver o pequeno escritório com sua mesa.

Em vez disso, viu a Fera segurando uma fita azul na pata, a sua fita azul. Ele encarava as páginas de *Nunca Mais*.

Bela podia ver a Fera e os criados porque o escritório estava iluminado por velas, no entanto, do lado do livro em que ela se encontrava havia apenas a escuridão. Eles não conseguiam vê-la.

Ela observou a Fera, curiosa, esperando que ele estivesse rugindo, enfurecido, arremessando ou esmagando o que visse pela frente.

Em vez disso, ele parecia triste.

E, quando olhou para seu rosto, Bela viu algo que não tinha conseguido ver antes: a Fera realmente se importava com ela.

– Alguém a sequestrou! – Horloge declarou. – Devemos nos armar, mestre! Devemos ir atrás do criminoso que cometeu esse ato perverso e trazê-la de volta!

A Fera lentamente balançou a cabeça.

– Você não entende, Horloge. Ninguém levou a Bela... Ela partiu. Porque ela quis. Eu entraria se pudesse, mas é impossível. Bela fez uma escolha. Uma escolha que é apenas dela.

Fera parecia arrasado ao dizer aquelas palavras. Os olhos de Bela focaram no rosto de Horloge, depois no de Lumière, Madame Samovar, Plumette... Todos estavam arrasados.

Ela ouviu um suspiro baixo. E mais outro. Era Zip.

– Não! – Bela sussurrou. – Por favor, Zip... Por favor, não chore!

– Por que Bela quis ir embora, mamãe? Ela era tão infeliz assim com a gente? – ele perguntou.

Madame Samovar, muito gentil com o filho, disse:

– Shh, meu querido. Não devemos lamentar por nós.

– Eu não estou lamentando por mim. Estou lamentando por Bela. Porque ela estava muito triste.

Bela apoiou a testa contra a página fria. Seu coração não estava apenas partido, estava estilhaçado.

Ela se sentiu terrivelmente mal por ter magoado Zip e todos os outros. E também porque Zip estava certo.

– Eu estava infeliz. Quis fugir – ela murmurou. – E agora tudo o que eu quero é voltar a estar com vocês.

A Fera colocou delicadamente a fita azul sobre a mesa. Observá-lo foi o mesmo que sentir uma faca sendo enfiada no seu coração. Bela se sentia péssima. Acabada. Era como se jogassem a última pá de terra sobre seu caixão.

Desejou nunca ter conhecido *Nunca Mais*. Ela se lembrou de como ficara animada na primeira vez que vira o livro, a primeira vez que atravessara suas páginas. A garota que tinha escolhido se aventurar naquele livro fizera a escolha pela fuga, pelo caminho mais fácil. Ela acreditava que um mundo bonito, perfeito e irreal seria melhor que o duro, confuso e verdadeiro mundo real.

– Mas não é verdade – Bela disse em voz alta.

Sentia uma falta brutal do mundo real, mesmo com todas as dificuldades. E sentia muita falta de quem estava nele. Quando Bela viu a expressão nos rostos do outro lado da página, percebeu que não eram apenas as qualidades de uma pessoa que a tornavam verdadeiramente bonita; eram também suas fraquezas.

O que seria de Zip sem aquele rachadinho? O pedaço que faltava em sua borda apenas o tornava mais doce. E Horloge? Sua constante preocupação e o fato de nunca dar o braço a torcer poderia ser tão irritante às vezes, mas era apenas a sua maneira desesperada de mostrar que se importava com aqueles a quem amava.

E a Fera... Bem, a Fera.

A jovem via, agora, que sua aparência dura, às vezes até assustadora, mascarava um coração amável e leal. Ele daria sua vida para salvá-la, se pudesse.

– Fera – ela sussurrou.

Como se a tivesse ouvido, a Fera se aproximou de *Nunca Mais*. Seus olhos percorreram as páginas procurando um vislumbre de Bela. E ela percebeu. Ele pressionou a pata contra a superfície dura da página; Bela encaixou sua mão na sombra da mão dele.

– Fera – ela chorou. – Oh, *Fera*.

Bela queria estar com ele, com todos eles, entretanto, era tarde demais. Ela havia conseguido a pulseira, o lenço e a moeda, mas todo o esforço haviasido em vão. O portal que conectava o castelo da Fera a *Nunca Mais* havia se fechado.

Desesperada, Bela bateu as mãos contra as páginas do livro. Ao fazê-lo, viu que sua pele já estava quase completamente coberta por palavras.

– Não! – gritou. Seu tempo estava quase acabando.

Bateu na página novamente, tentando, uma última vez, fazer a Fera enxergá-la.

– Não adianta, minha querida. Ele não pode ver ou ouvir você – disse uma voz atrás dela.

O estômago de Bela se revirou de medo. Ela se virou lentamente.

E encarou a condessa.

CAPÍTULO SESSENTA E SEIS

Fios pegajosos de teia de aranha pendiam do vestido preto da condessa. O luar brilhava em seus olhos frios e verdes. Ela e seus leões também haviam vencido o labirinto e estavam a dez metros de distância, aproximando-se a cada passo.

– Este jogo já está ficando cansativo – disse a condessa. Ela estendeu uma mão pálida, com suas unhas curvadas que mais pareciam garras, e ordenou: – Dê-me a pulseira, o lenço e o colar. *Agora!*

Bela meneou a cabeça, negando.

A condessa riu. O vento assobiava como se estivessem em um cemitério. Um forte estalo. Passos no escuro.

– Minha querida, você não quer me deixar ainda mais irritada do que já estou. Confie em mim quando digo isso.

Bela se virou e bateu nas páginas de *Nunca Mais* com toda sua força.

– Madame Samovar! Lumière! – ela gritou. – Socorro! Sou eu, Bela!

Ela bateu nas páginas com os punhos. Com as mãos abertas. Enquanto isso, a condessa se aproximava:

– Por sua causa, este jogo foi mais difícil do que pensei que seria. Mas que graça tem qualquer jogo se não houver um desafio, não é mesmo? Mal posso esperar para ver a cara da minha irmã quando eu lhe informar que venci.

– Horloge, por favor! Você não consegue me ver?

Um movimento à sua direita chamou a atenção de Bela. Ela virou a cabeça, temendo que fosse a condessa, mas era Lucanos, voando loucamente em círculos.

– Use seu coração, Bela! – ele gritou.

O que ele queria dizer? A condessa estava a poucos passos de distância. Como o *coração* de Bela poderia ajudar a vencer Morte?

– Seu coração, Bela! – o besouro gritou de novo. – Seu coração!

O besouro estava muito perto, apontando desesperadamente para o peito dela. Bela olhou para baixo e prendeu a respiração. O coração de vidro, aquele que Fera lhe dera, parecia estar em chamas. Com Bela fora do sombrio labirinto, os raios da lua iluminavam diretamente o pingente, refratando-se em um milhão de pontos de luz.

Surpresa, Bela viu que a joia não era de vidro, como ela pensava, nem de um delicado cristal. Era de diamante.

A jovem sabia que não havia nada mais duro que o diamante e se lembrou que seu pai usava uma ferramenta com ponta de diamante para cortar os vidros que colocava nas pequenas janelas de suas caixinhas de música.

Tirando o colar do pescoço, usou o coração como uma lâmina para riscar a página de *Nunca Mais,* abrindo um corte longo e ondulante.

Ao mesmo tempo, ouviu um grito de fúria. Ela sabia, sem olhar, que a condessa estava logo atrás.

Ela se virou.

– Lucanos... Aranae... – ela disse com um grito estrangulado.

– Vá! – Lucanos gritou.

– Obrigada... Muito obrigada! – Bela agradeceu.

A condessa pulou, a mão de garras estendida, mas seus dedos se fecharam no ar.

Bela havia desaparecido.

CAPÍTULO SESSENTA E SETE

ESTRELAS FORAM AS primeiras coisas que Bela viu.

Elas brilhavam como fogos de artifício diante de seus olhos.

Então viu penas. O contorno de um bule de chá. Pés dourados. Pés peludos.

Estou aqui!, ela pensou. *Estou em casa!*

Bela havia se lançado contra *Nunca Mais* com tanta força que perdera o equilíbrio, caindo de cabeça no chão da biblioteca. Ela estava deitada de bruços, grata pelo macio tapete que estava sob seu corpo.

– Bela! – gritou uma voz.

– Você voltou! – Outras vozes se juntaram à primeira.

– Estávamos tão preocupados!

Ela sentiu as patas da Fera ajudando-a a se levantar. Ao ficar de pé, viu *Nunca Mais* no canto da sala.

– Fechem esse livro! Por favor! – ela implorou, temendo que a condessa passasse por suas páginas.

– Acalme-se, Bela. Não se preocupe – disse Lumière, fechando o livro com um forte estrondo. *Nunca mais* começou a encolher.

Bela analisou suas mãos: as palavras que cobriam sua pele haviam desaparecido.

– Estou aqui! Eu estou viva! – exclamou, suspirando aliviada. Virou-se para Lumière e o abraçou. – Pensei que nunca mais veria vocês!

Ela também abraçou Horloge, Madame Samovar e Plumette. Pegou Zip e o beijou, fazendo um cafuné em Froufrou na sequência.

– Onde está a... – ela começou a perguntar, procurando pela Fera.

Bela viu a Fera de pé, em um canto da sala, um tanto sem jeito. Ela se aproximou dele, passo a passo, e o abraçou, enterrando o rosto em seu pescoço.

– Eu não conseguia voltar. Tentei muito – ela disse, sua voz emocionada. – Seu coração... O coração que você me deu... Foi graças a ele que consegui voltar. Ele me salvou. Sem ele, sem você... Eu nunca teria conseguido voltar.

– Shh, Bela. Está tudo bem. Você encontrou a saída. Isso é tudo o que importa – a Fera murmurou, abraçando-a com força.

Bela assentiu. Depois de ficar abraçada com a Fera tempo suficiente para ter certeza de que ele era real, ela o soltou.

Ao ver as lágrimas escorrendo pelo rosto de Bela, a Fera usou o dorso de suas patas para enxugá-las.

– Ai! – Bela resmungou. Era como se estivesse esfregando seu rosto com uma escova de lustrar sapatos.

– Com licença. – Era Lumière. – Posso... – Ele segurava um lenço.

Bela pegou o lenço de suas mãos e terminou de secar as lágrimas.

– Acho que um bom chá com queijo-quente é exatamente o que todos precisamos. Vou servir no salão. Horloge vai cuidar de acender a lareira. Certo, Horloge?

– Não vejo motivo para tanta euforia. Ela está de volta e claramente...

Horloge foi interrompido pelo olhar fulminante de Madame Samovar.

– Quer dizer, eu vou! Imediatamente.

Os criados deixaram a biblioteca, e Bela e a Fera ficaram sozinhos.

– Meu Deus! – sussurrou Madame Samovar assim que a Fera não mais os podia escutar. – Limpar o rosto da pobrezinha com o dorso da pata... Quero dizer, sinceramente! – Ela suspirou. – Às vezes entro em desespero. Será que um dia vamos conseguir fazer nosso mestre se tornar civilizado?

– Pelo menos ele não lambeu o rosto dela. Já é um avanço – Plumette retrucou, rindo.

– Espero que não resolva carregá-la pelo pescoço! – acrescentou Madame Samovar, também rindo.

– Há esperança – disse Lumière, suas chamas brilhando. – Para Bela. Para o mestre. Para todos nós.

– Sempre há esperança – disse Horloge com sabedoria. – Eu já lhes contei sobre o tempo em que Príncipe Ferdinando de Brunswick tentou expulsar o marechal de Broglie da Westfália? Foi durante a Batalha de Bergen. As coisas estavam terríveis. Os hessianos haviam nos cercado...

Madame Samovar e Plumette trocaram olhares exasperados, depois desceram as escadas o mais rápido que puderam. Zip, Froufrou e Lumière as seguiram. Horloge, aparentemente inconsciente de que seu público havia desaparecido, continuou a contar seu causo.

Na biblioteca, Bela estava com os cotovelos apoiados, tentando tomar coragem.

– Vamos para o salão? Ou você não quer comer um queijo-quente? – a Fera perguntou.

– Você não faz ideia de como eu quero um queijo-quente – Bela respondeu. – Mas há algo que preciso fazer antes.

Nunca Mais havia se encolhido, voltando a seu tamanho normal. Embora Bela tivesse medo, se forçou a pegar o livro e atravessou a sala, até a porta que levava à biblioteca. Bela abriu uma das janelas e um vento gelado e úmido entrou.

Segurou o livro por um momento, sua cabeça inclinada. Silenciosamente, agradeceu a Lucanos e a Aranae, onde quer que estivessem. Prometeu a Otto que nunca o esqueceria. E se lembrou da Condessa de *Terres des Morts,* tremendo diante da possibilidade tão próxima que houve de uma figura tão sombria escrever o fim de sua história antes mesmo de ela começar.

Em seguida, arremessou o livro pela janela. O vento forte rasgou as páginas de *Nunca Mais* e as levou, soltas, para longe.

Bela fechou a janela e virou-se para dentro da biblioteca. Seu peito tremia, as bochechas estavam coradas pelo vento e o cabelo havia sido despenteado.

A Fera pegou a fita azul do bolso do peito de seu colete e a entregou a Bela:

– Obrigada.

Bela tentou prender o cabelo com a fita, mas suas mãos tremiam muito. A Fera percebeu. Seus olhos, preocupados, mas calorosos e gentis, procuraram os dela.

– Quer me contar o que aconteceu? – ele perguntou, tomando as mãos dela nas suas, para acalmá-la.

– É uma história tão estranha, não tenho certeza se você vai acreditar em mim.

A Fera riu.

– Acho que sim. Eu conheço algumas histórias estranhas, sabe...

Bela sorriu com pesar. Então, olhou para suas mãos entre as patas da Fera.

– Bela? O que há de errado? – ele perguntou.

– Quando tentamos conversar, nem sempre conseguimos, não é mesmo?

A Fera assentiu.

– É verdade... Não sou muito comunicativo. Na verdade, não tenho muita prática nessa coisa de ser um bom amigo. Ou simplesmente de ser amigo.

Bela pensou sobre seus amigos "perfeitos" de *Nunca Mais.* A condessa e seus deslumbrantes convidados. Mouchard. Professor Truffatore. Henri.

– Eu também não. Você pode não ser um "amigo perfeito" – ela disse. – Mas é real. E tenho sorte de tê-lo por perto.

A Fera sorriu. Ele apertou suas mãos.

– Podemos continuar tentando, Bela? Você me daria outra chance?

Bela sorriu.

Ela apertou de volta.

E decidiu que sim.

EPÍLOGO

No tronco oco de um antigo salgueiro, perto de um riacho claro e apressado, Amor e Morte jogavam seu eterno jogo.

Amor era senhora do salgueiro, e qualquer mortal que se sentasse debaixo de seus suaves ramos sussurrantes, por mais cansado ou sem esperança que estivesse, tinha seu coração e seu espírito renovados.

Ela e Morte estavam sentadas em frágeis cadeiras feitas de galhos. Um grande cogumelo lhes servia de mesa. Vaga-lumes pairavam no ar acima delas, iluminando a noite profunda.

Seu tabuleiro de xadrez era feito de obsidiana e osso, e insetos eram as peças do jogo.

– É a sua vez – avisou Morte, tamborilando os dedos no braço da cadeira.

– Sim, eu sei – respondeu a irmã.

– Não temos a noite toda – disse Morte.

– Você não pode apressar o amor.

Um momento depois, a rainha de Amor, um louva-a-deus, comeu um dos peões de Morte, uma lagarta amarela e gordinha.

– Como foi sua viagem a Veneza? – Amor perguntou, enquanto Morte contemplava o tabuleiro.

– Produtiva. A peste foi bastante severa, fico feliz em dizer – respondeu Morte. – Foram dez mil em uma semana... Um recorde pessoal. Eu trouxe alguns doces...

Amor sorriu.

– Você me trouxe três milhões de moedas de ouro?

– Não – respondeu Morte. – Por que eu deveria? Você não ganhou a aposta.

– Eu vou ganhar – disse Amor com confiança.

Morte franziu a testa e empurrou seu cavaleiro, um gafanhoto, para a frente. Ele mordeu a cabeça da torre de Amor, uma traça.

– Eu sempre ganho – disse Amor.

Morte recostou-se na cadeira e olhou para a irmã.

– Alguém já disse a você que é muito deselegante ficar se gabando?

– A Fera está aprendendo a cuidar dos outros – assegurou Amor. – Seu coração está preocupado com o que ele fez. Está aprendendo a amar. Bela está lhe ensinando. Ele morreria por aquela garota.

– Será que morreria mesmo? – indagou Morte. – Eu ficaria feliz em organizar esse evento.

Amor ignorou a brincadeira de mau gosto.

– Fera vai adorar amar e ser amado de volta, antes que a última pétala da rosa encantada caia. Pode esperar.

A Morte balançou a cabeça.

– Mais uma vez, você não consegue enxergar o ponto principal: Bela vai aprender a amar a Fera?

– Ela vai. Ela vai aprender a amá-lo. Eles estão se tornando amigos. Esse é o primeiro passo.

– Não tenha tanta certeza, a história ainda não terminou. Muitas coisas ainda podem dar errado – disse Morte. – Mais ainda quando o coração humano está envolvido.

– Tenho esperança – afirmou Amor.

– Os tolos sempre têm esperança – Morte suspirou e apontou com a cabeça para o tabuleiro. – É a sua vez.

Amor voltou a atenção para o tabuleiro de xadrez, o rosto determinado. Morte inclinou-se para a frente, com a testa franzida, concentrada.

Ataques e contra-ataques, restrições e bloqueios, ações e reações seguiam à medida que as irmãs competiam.

Sob o dossel da noite, na luz clara da manhã, no brilho do dia e no crepúsculo que caía suavemente, as horas passaram.

Desde sempre, e para sempre, Amor e Morte seguirão jogando.

TIPOGRAFIA BODEBECK E CENTAUR

PAPEL DE MIOLO OFFSET 70g/m²

PAPEL DE CAPA CARTÃO 250g/m²

IMPRESSÃO PANCROM